세 줄기의
독백

육신의 시간과 영혼의 시간은

같은 파이프라인을 타고

막힘없이 흐르는데…

세 줄기의

흔한 삶들의
흔하지 않은 자기 고백

독백

김이현 지음

바른북스

목차

줄기
하나

魂,
그들의 자기소개

第1 魂   행복에서 불행으로   ··· 015

第2 魂   그래도 억울하진 않아   ··· 022

第3 魂   魂으로 미인 되어   ··· 032

第4 魂   일찍 왔나요?   ··· 040

第5 魂   돌아가야 합니다   ··· 047

第6 魂   미련 없어요   ··· 054

第7 魂   꼭 오겠습니다   ··· 062

第8 魂   내 몸 조각내어…   ··· 069

줄기
둘

(펜션)
별을 품은 달

101호	신혼부부	⋯ 082
102호	가족 30대 후반	⋯ 090
103호	부모와 아들 부부	⋯ 098
105호	60대 남자	⋯ 107
201호	20대 커플	⋯ 115
202호	60대 부부	⋯ 125
205호	50대 여자	⋯ 136

줄기
셋

겨울장미를
사랑한 시인

1	첫째 날	… 151
2	둘째 날	… 163
3	셋째 날	… 175
4	넷째 날	… 188
5	다섯째 날	… 200
6	여섯째 날	… 212

魂,
그들의
자기소개

시끄러운 소리를 듣기 싫어 양쪽 귀를 손가락으로 완전히 막아보면 어두운 우주에서 전해오는 듯한 조금은 괴기스러운 저음의 소리가 온몸으로 들리는 것을 알 수 있다. 난 가끔씩 그 소리가 허공을 가득 메우고 있을 것 같은 온갖 魂들이 뒤엉켜 내는 소리라 여기고 그들이 무슨 말을, 아니면 무슨 뜻을 전하려는 소리인지 궁금해져서 한참을 집중해서 듣곤 한다. 이 소리가 과연 魂들이 뒤엉켜 내는 소리라면 이 魂들은 어떤 육신의 삶에 얹혀 어떤 운명으로 지내다가 오늘 여기 내 귓가를 혼란스럽게 하는 걸까?

대체로 100년이 안 되는 한계수명을 갖고 태어나지만 언제든 급작스레 육신의 삶이 끝날 수도 있다는 것을 알면서도 그저 더 나은 내일을 위해 하루하루 발버둥 치면서 살아가는 나를 포함한 세상 사람들이 삶을 마감한 후, 그들의 魂은 과연 어떤 모습으로 존재하게 될까?

10여 년 전, 어깨 부상으로 수술실에 들어가는 병원 복도의 하얀 천장을 바라보며 문득 들었던 의문, 그리고 언젠가 잠자리에 들어 어두운 허공을 바라보다 밖에서 들려오는 싸움 소리가 너무 시끄러워 손가락으로 귀를 잠시 막았다가 듣게 된 소리에 대한 의문이 '죽은 사람의 魂이라는 게 과연 존재하기는 하는 걸까?' 하는 근원적 의문과 함께 한참을 내 머릿속을 배회하다가 이 의문들이 글의 소재로 자리 잡게 되면서 코로나 창궐로 인하여 부모님의 魂조차 제대로 위로해 드리지 못하는 이상한 명절을 지내다가 이에 대한 글을 써보고 싶은 생각이 들었고 이제 강원도 해변의 어느 한적한 곳을 은신처 삼아 몇몇 魂들의 첫날 대화를 상상해 본다.

2022년 2월 초

강원도 양양 어느 한적한 바닷가에서

세 줄기의 독백

　　조금 전 여기 화장장 여덟 개의 화로에서 육신과 작별한 魂들이 마지막 재의 온기가 사라지기 전 지붕 위 한쪽 구석에 모여 화장魂 Z20220204-02기 자기소개를 하고 있다.

제1 魂

행복에서
불행으로

난 억울해. 내가 왜 벌써 너희들을 만나고 있는지. 내 육신은 내 나이 또래보다 훨씬 건강했고 돈도 부족함이 없었어. 자식놈들도 다 내 돈으로 잘 먹고 잘살고 있지.

난 부농 집안의 맏아들이었기에 어릴 적엔 녹용 보약 해마다 먹었고, 학교 다니면서는 등록금을 푼돈 정도로 여기던 아버지가 교장 만나서 후원금 내는 것으로 항상 상위 등수를 유지하기도 했어.

상과대학 졸업도 학위증 받는데 얼마가 들었는지 따지지 않았어. 어차피 졸업은 형식적인 절차일 뿐, 내 인생의 목표는 아니었으니까. 그저 친구들과 어울려 다니면서 술이나 마시고 양담배 피우고 여자들과 희희덕거리면서 연애질해 보는 게 목표라면 목표였을 거야. 중간에 군대는 갔지만 특수부대 자대 배치 받은 지 사흘 만에 아버지가 무슨 빽을 썼는지 의가사제대 시켜

주더군.

　졸업 후 어느 날 밤, 친구들과 술 먹고 나오다가 길거리에 취해서 쓰러져 있는 미니스커트 입은 여자 부축해서 여관방에 데려다 눕혀주고 나왔는데 그 여자가 결국 징글징글한 내 마누라가 되어 돈만 뜯어먹는 돈 귀신이 되어 있었지만 아무튼 결혼식은 고향 읍내 사람들 죄다 불러올 정도로 버스 다섯 대 대절해서 식장이 터져 나갈 정도였고 화환이 몇 개인지 축의금이 얼마인지 적고 세는 사람이 예닐곱은 되었을 거야.

　웃기는 건 신부 얼굴에 무슨 분칠을 그렇게 해댔는지 축하 색종이 터진 게 얼굴을 스쳐 줄무늬 자국이 생긴 사진이 커다란 액자에 들어가 안방에 떡하니 걸려 있었던 거지. 그러더니 큰애 낳고도 쌍꺼풀 수술이다 뭐다 새로 나온 미용수술 죄다 따라 하는 것 같았고 그래서 수시로 얼굴에 안대나 마스크가 걸려 있었어. 그러다가 그 여자 환갑 되기 전 결국 술자리에서 어떤 후줄근한 영감탱이 만나 나를 떠나더니 5년쯤 지난 어느 추운 겨울날, 술 취해 길에서 자다가 얼어 죽었다는 부고가 오더군. 그게 벌써 20년은 되었나?

결혼 후, 아버지가 빌려준 돈으로 복덕방을 하던 아버지 친구 분 따라 몇 번 땅 보러 다니면서 땅 투자가 내 적성에 맞는 돈벌이 수단이라는 걸 깨닫게 되었고 그렇게 당시 공사 중이던 고속도로 주변 땅 몇 군데 사둔 것이 완전 금덩어리가 되어버렸지.

그거 일부 팔았는데도 작은 빌딩 하나 사고 직원 열댓 명 둔 무역회사 하나 차리는 데도 문제없었는데 더 웃기는 건 어디 마땅한 데 취직할 실력이 아니라서 심심풀이로 시작한 무역 사업이 요샛말로 대박이 난 거야.

물론 일은 다 직원들이 했지만 해외 출장이 있을 때는 꼭 부장 한 놈 데리고 나가서 일은 걔가 하고 난 따로 현지 가이드 불러서 낮이면 관광이나 다니고 밤이면 또 밤 문화 한껏 즐기고 다녔어.

그러다가 환갑 넘으면서 큰아들한테 사장 자리 물려줬는데 그러고 나니까 몸은 멀쩡한데 마누라도 집 나갔으니 옆구리 허전하다는 핑계로 나이 차이는 나더라도 여자 하나 들여놨지.

자식 놈들은 재산 물려받는 게 문제 될까 봐 극렬히 반대했지만 내 인생 내가 사는 건데, 그리고 그놈들한테 줄 만큼 줬으니까 난 아랑곳하지 않았어.

난 그렇게 부족한 것 없고 내 능력껏 인생 즐기면서 잘 살았어.

내가 내 육신과 붙어 태어나 붙어 지내는 동안은 나도 육신도 행복했어.

난 이 나이가 육신이 죽어야 할 나이라고는 생각한 적 없었기에 큰 아들놈이 '노인네 치매 왔네~.' 했을 때 야구 방망이로 때릴뻔했었지.

그래도 지금까지 시력 청력 근력 식욕 정욕 다 좋았기에 내가 오늘 자네들 만날 줄은 상상도 못 했었고 급성 심장마비라는 육신의 사망선고를 듣고도 그럼 예약한 공원묘지에 묻힐 때 육신에서 빠져나오면 되겠다 싶었는데 자식 놈들은 내 영정사진을 앞에 두고도 내 유언은 무시한 채 이제는 누가 산소에 때마다 찾아다닐 수 있겠냐면서 화장하고 가까운 데 수목장을 하기로, 지네들 말로는 훌륭하고 신속한 합의를 하더군.

아까 관을 화로에 넣고 나서 자식 놈들은 웃으면서 밥 먹으러 가는데 족보에 올리지도 못한 그 여자 혼자 화로 앞에서 눈 감고 무슨 기도인지 하고 있었어. 그런 거 보면서 육신이 살았을 때, 지금도 저렇게 울고 있는 그 여자한테 조금이라도 더 남겨주지 못했던 게 후회스러울 뿐이야.

하여튼 난 육신에 붙어서 육신의 감각을 공유하면서 지내던 시간이 정말 즐겁고 행복했기에 지금도 이 굴뚝 옆에 올라와 너희들과 같이 있다는 게 믿기지가 않고 이게 내 불행의 시작이 아닐까 하는 두려움을 갖게 만들고 있어. 나한테 불행이라니….

이제 내 형체는 육신이 살아있는 그 누구가 자신의 뇌 속에서 나를 기억해 주는 동안만 그 육신에 실려 있겠지만 나를 기억하는 사람이 없다면 나는 그저 허공을 헤매이고 떠도는 신세가 되고 말겠지.

전에 듣기로는 이 허공도 이제는 온갖 魂들로 초만원이라서 높은 곳도 낮은 곳도, 따뜻한 곳도 추운 곳도, 깨끗한 곳도 더러운 곳도, 천당으로 가는 길도 지옥으로 가는 길도 기나긴 기다림을 감수해야 한다는데 과연 나는 어느 기다림의 줄 끝에 가 서 있어야 할지 모르겠고, 결국 이 줄 저 줄 그 끝으로만 돌다가 어느 순간 햇빛이든 달빛이든 별빛이든 빛 한줄기에 실려 사라지고 말 거야.

자식들조차 나를 기억에서 지우려는데 누가 나를 기억할까? 울고 있던 그 여자도 나를 기억할 필요성을 잃으면 그뿐이겠지. 사라지고 싶지 않지만 사라져야 하는 게 이게 불행이야. 육신과 붙어 있을 땐 하고 싶은 것 다 하고 하기 싫은 건 안 했는데 말이야.

그런데 좀 이상한 게 있네. 난 魂의 영역으로 들어오면 세상 여러 종교와 종파들이 어디로 오라고 이정표라도 세워놓은 줄 알았는데, 그래서 절에다 시주한 게 빌딩 한 채 정도 되는 친한 친구가 5년 전에 먼저 떠날 때 여기 어디 가는 길 표시라도 했을 줄 알았는데 보이질 않는군. 하긴 여기서는 친구라는 개념이 성립되질 않겠지. 그저 정처 없이 순간이든 잠시든 오래든 떠돌다 스러지면 그뿐이니까.

내겐 불행의 시작이야. 난 여기서도 행복하고 싶은데….

제2 魂

그래도
억울하진 않아

"나의 살던 고향은 꽃피는 산골~." 티브이 어린이 프로그램에 노래가 나오지만 난 저런 고향이 없어서 그 정서를 모릅니다. 핸드폰으로 울고불고하는 연속극을 넋 놓고 보고 있는 아내의 감정도 나는 모릅니다. 더욱이 세 살짜리 딸이 아침부터 칭얼거리는 이유를 나는 더욱 모릅니다.

나는 내 몸이 받아들이는 직접적인 느낌들 외에는 간접적인 수단 또는 추정으로 다가오는 느낌들에 대해 결론을 내리거나 그에 따른 행동을 하는 데 자신이 없습니다. 그런 것들이 자주 사실과는 다른 잘못된 실수로 연결된 적이 많아서 자신이 없기도 하지만 그런 애매한 것들에 대해 판단하기를 꺼리고 회피하는 습성 때문이기도 합니다.

이틀 전에도 그랬지요. 두 달 동안 심혈을 기울여 작업한 데

이터를 제출했는데 팀장 눈치가 별로 마음에 들어 하는 것 같지 않았지만 내가 여러 번 검토하고 확인한 데이터였기에 뭐 어떠하랴 싶어 그냥 지나쳤더니 결국 퇴근 직전에야 그 데이터가 잘못되어도 한참 잘못되었다는 것을 알게 되었고 그와 더불어 내가 제출한 데이터는 메일에서조차 삭제된 것을 알게 된 것입니다.

팀장 눈치를 그냥 넘기지 않고 물어보기라도 했더라면 이달 말 성과급 계산의 결정적 요인을 제대로 만들어 낼 수 있었을 텐데 말입니다.

화가 머리끝까지 치밀었지만 내가 자초한 일인 데다 누가 내 화를 풀어줄 수 있는 것도 아니고, 더구나 내 말을 들어줄 사람도 없었지요. 회사 내에서 나는 조화가 안 되는 사람으로 통합니다. 왕따와는 반대되는 의미라고 이해하시면 됩니다. 왕따는 타의에 의해 만들어지는 상황이지만 부조화는 자의적으로 만드는 상황이기 때문이지요.

내겐 형과 누나가 한 명씩 있고 둘 다 나와는 나이 차이가 6, 7년이 나기에 둘은 가끔씩 심하게 다툴 정도로 사이가 좋은 편이 아닌데도 나한테는 정말 잘해줬고 내가 어떤 부탁이나 투정을 부려도 거절하거나 화를 내는 적이 없었어요.

부모님도 늦둥이 막내라고 끔찍이 아끼고 사랑해 주셨는데 그런 가족 사랑이 결국 나를 그렇게 만들었던 게 아닌가 싶지만, 하여튼 난 곧잘 청개구리식의 행동을 하곤 했는데, 그것은 내게 주는 사랑에 감사하고 또 그것을 반복적으로 표현하는 말이나 행동이 어느 순간부터 내겐 지겨운 일상처럼 느껴지고 당연하다 못해 귀찮은 것으로 인식되기 시작했기 때문이었어요.

그래서 기다리던 생일 선물을 받았을 때도 속으로는 정말 기분이 좋은데도 무심한 척 며칠이 지나도 상자를 열어보지 않아 결국 강제로 반품되어 아무것도 받지 못하는 참사가 벌어지기도 했지요.

그런저런, 내 솔직한 느낌 또는 감정을 감추거나 반대되는 표현으로 불이익을 당하는 일이 심심치 않게 생기게 되면서 가족들, 친구들 그리고 이제는 직장에서도 나 스스로를 닫아 가두는 모습으로 인식되기에 이르렀고 이런 자의적 부조화를 인식하고 개선해야 하겠다는 깊은 깨달음이 내면에 있으면서도 실천으로 옮길 용기를 내지 못하고 있었습니다.

그랬기에 그저께도 자초한 일에 화는 나면서도 사무실 마지막 퇴근자는 되기 싫어서 잔무 중인 후배 하나 남겨두고 서둘러 나왔고 친구 만나기로 약속된, 회사에서 걸어서 10여 분 거리의 카페로 갔고 일단 친구 아들 돌 축하금을 건네주고 일어나려다가 친구 눈치가 뭔가 더 할 얘기가 있는 듯했기에 문득 오늘은 느낌대로 움직이자는 생각이 들어서 들리는 엉덩이를 다시 앉혀 남은 커피 한 모금을 마시는데 친구가 빤히 내 모습을 쳐다보며 슬쩍 입가에 미소를 띠고는 "사실 하고 싶은 말이 있었지만 너한테는 통하지 않을 것 같아 그냥 같이 일어나려고 했는데 웬일이냐?" 하고 되묻더군요.

이 친구는 중, 고 동창인데다 생일도 비슷해서 가장 친하게 지내지만 외아들로 2년 전부터 아버지는 중풍, 어머니는 유방암으로 그 병원비 감당과 간병으로 정말 힘들게 지내고 있었고 3년 전 결혼해서 조금 늦게 본 아들의 돌잔치를 이번 주말 집에서 단출하게 한다는 소식도 며칠 전 겨우 알게 되어 오늘 축하금이라도 주려고 만나자고 했던 것인데, "할 말?, 무슨 말인지 말 해봐라. 통할 말인지 아닌지는 내가 들어봐야 알지." 했더니 기가 막힌 말을 합니다.

친구 월급과 친구 아내의 마트 계산원 아르바이트 하면서 힘들게 모은 부모님 병원비 중 거의 전부인 삼천만 원을 보이스피싱 당했다며 지친 몸짓에 차가운 한숨을 뱉었지요.

"보이스피싱이라니? 너처럼 매사에 돌 두드리고 건너듯 하는 사람이 그게 무슨 소리냐? 도대체 어떻게 당한 거야?" 했더니 "사실 얘기하고 싶진 않지만 너도 혹시 당할지 모르니 얘기한다. 다만 이 얘기하는 데는 다른 이유가 있는 건 아니니까 그리 알고~."

"지지난 주 금요일 11시쯤, 사무실에서 주간 미팅 중인데 전화가 오길래 안 받았는데 다시 세 번을 연속으로 전화가 오는거야. 회의중에 오는 전화라 짜증은 났지만 번호가 010- 전화라서 무슨 일인가 싶어서 받았더니 아내가 울부짖으면서 지금 납치당해서 어디로 가는지 차에 커튼 쳐져서 모르지만 차 안이고 핸드폰도 뺏기고 겨우 납치한 사람 전화로 전화한다면서 빨리 오천만 원 입금시키지 않으면 죽일 것 같다고 하는 거야.

그러더니 어떤 놈이 바로 전화 바꿔서 '지금 찍어주는 계좌로 5분 내에 입금시키지 않으면 니 마누라 죽어.' 하고는 바로 끊었어.

순간 뭘 어찌해야 할지 몰라 멍하다가 정신이 들어서 아내 전화번호로 전화를 했는데 두 번, 세 번 해도 전화를 안 받는 거야. 시간은 벌써 7분이 흘렀는데 전화를 안 받으니 점점 내 정신이 혼미해지는 것 같고 빨리 돈을 보내야 한다는 생각밖엔 없었는

세 줄기의 독백

데 가진 건 삼천만 원뿐이니 다짜고짜 받았던 전화로 다시 전화
해서 그거밖에 없으니까 제발 살려달라 했고 그랬더니 그럼 나
머지는 일주일 안에 마련해 보내고 지금은 일단 그 돈에 풀어주
겠다고 하길래 고맙다는 말까지 하면서 끊고는 바로 삼천만 원
을 보냈어.

그랬더니 입금확인 했으니 나머지를 일주일 안에 넣지 못하
면 다시 이런 일 생긴다는 문자가 바로 오더군.

일단 아내는 살렸다는 생각에 안도하면서도 풀려 났는지 확
인해 보려고 아내 전화로 계속 전화를 하는데도 받지 않아 속이
다시 새까맣게 다 타버린 20분쯤 후에야 무슨 급한 일이길래 이
렇게 전화를 많이 했냐면서 지금 애기 데리고 친정 엄마랑 목
욕탕에 와 있는데 옷장 안에서 계속 전화 소리 난다고 누구냐고
급한 전화인가 본데 받아보라고 소리치길래 받은 거라더군.

그제서야 아까 울고불고하던 목소리도 좀 이상했다는 느낌이
들었고. 맥이 탁 풀리면서 그대로 엎드려 나도 모르게 흐르는 눈
물로 마우스 패드가 다 젖었지.

벼룩의 간을 이렇게 빼먹는구나 하는 늦은 깨달음을 한탄하
면서 바로 경찰에 신고는 했지만 지금까지 아무런 연락이 없다.

이게 스토리고 나는 이렇게 당했지만 너는 당하지 마라."

같이 한숨을 쉬면서 듣고 있다가 문득 아, 애가 돈을 빌려달라는 얘기구나라고 생각돼서, 그래 지금 필요한 게 얼마냐 하고 다짜고짜 물어봤더니 "네가 그렇게 물어보는 게 뜻밖이네. 그래 사실은 돈 좀 여유 되면 빌려보려고 나온 건데 괜찮다. 필요한 건 당장 병원비 천오백만 원이지만 회사 사람한테 말해놓은 것도 있으니 꼭 너한테서 빌리지 않아도 될 것 같다. 걱정 마라." 하는데 나도 모르게 "야, 얘기 다 해놓고 괜찮다는 건 무슨 말이냐? 내가 빌려줄게. 천천히 갚아도 된다."라고 말하고는 믿기지 않는다는 표정인 친구한테 구좌번호 받아서, 마침 다음 달 전세금 올려주려고 아버지한테서 미리 받아둔 돈 중에서 바로 송금해 주고는 조금 더 앉아 있다 일어나니 8시가 넘었고, 집에 오는 버스 타려고 정류장 쪽으로 가면서 정말 오랜만에 가슴이 따뜻해지는 걸 느끼는 순간, 정말로 뜨겁게 뭔가가 가슴으로 들어왔고 그게 진짜 뜨거운 건지 아픈 건지 구분할 시간도 없이 내 육신은 그대로 쓰러져 옷을 피로 물들이고 있었어요.

아무 이유도 없는 어느 정신이상자의 묻지 마 살인.
내가 36년 동안 합체되어 지내던 따뜻한 육신과 이렇게 떨어지게 되었고, 아직도 관과 함께 재가 되어버린 저 육신의 온기가 내게 남아 있는 것 같아, 이제는 느낄 세포가 없는데도 한기에 떨고 있는 것 같습니다.

육신과 떨어지게 된 이유는 너무도 간단했고 시간은 너무도 짧은 순간이었지만 그래도 내가 따뜻함을 느꼈던 그 순간에, 육신도 똑같이 따뜻함을 느꼈다는 그 다행과 불행의 우연이, 나를 기억해 줄 몇몇의 뇌리에 '그래, 근본은 그렇게 착했지~.'라고 인식된다면 내가 지금 잠깐 느끼는 이 한기는 바로 사라지면서 육신적 감각을 모두 떨쳐버리게 되겠지요.

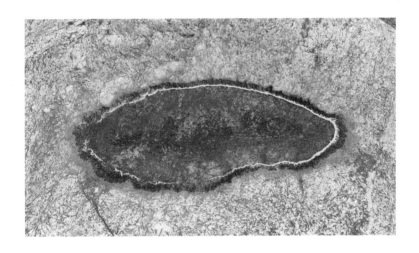

내가 온 이 허공에도 대기줄이 길다고 하셨지요?
난 아무 데도 줄 서지 않을 겁니다. 줄을 선다는 건 형체 없는

내가 형체를 가진 것처럼 위장을 하는 것이고 그것은 다시 육신과 붙어 있을 때의 잦은 부조화의 모습으로 회귀하는 것 같아서, 이제 내가 형체 없고 색이 없고 냄새 없고 소리 없는 이 순수한 허공에서 그런 위장을 할 이유가 없고 다만 내 딸이 나를 쉽게 잊어주기를 바랄 뿐이지요.

그래야 나도 어르신처럼 어느 한 줄기 빛에 실려 가든가 아니면 그저 아침인지 저녁인지 모를 실바람 끝에 살포시 얹혀 가다가 그 실바람 잠드는 곳에서 스러지고 싶을 뿐입니다.

세 줄기의 독백

제3 魂

魂으로
미인 되어

"빌어먹을 년, 오늘도 또 저러고 있네~."

고등학교 졸업하고 내신이나 수능 다 바닥이라서 지원자도 거의 없는 미달 학과에 전공 상관없이 겨우 등록하고는 바로 휴학하고 저랑 똑같이 생긴 엄마 조르고 졸라서 친구랑 둘이서 일본, 중국 두 달 동안 여행하고 들어왔는데 여행하면서 찍은 사진이 전부가 풍경 사진일 정도로 인물 사진을 찍은 게 없고 그나마 친구랑 마지못해 찍은 인증 사진도 내 얼굴이 너무 꼴 보기 싫어서 처박아 두고는 그때부터 도저히 이대로는 문밖에도 못 나갈 것 같고 사회생활은 물론 남자 친구는 꿈에서라도 못 만들 것 같아 돈 생기는 대로 하나씩 성형하기로 마음먹었는데, 어디부터 어떻게 뜯어고쳐야 될지 아무리 거울을 들여다보면서 정하고 싶어도 도무지 순서와 방법이 정해지지 않았어요.

세 줄기의 독백

매일 그렇게 거울만 들여다보고 있는 나를 엄마가 저렇게 욕은 해도 고2 때 싫다는 나를 억지로 병원 데려가 쌍꺼풀과 코 높이는 수술해 줬고 지금도 어디를 어떻게 하겠다고 결정만 하면 당장 단골 병원 데려갈 것을 난 잘 알기에 아무 대꾸도 안 하고 열심히 궁리만 했어요.

쌍꺼풀과 코 높임 하고 나니까 친구들 얘기가 얼굴 불균형은 그대로라고 하면서 하려면 아예 이마와 턱, 눈썹 문신까지 해야 못생긴 것으로 라이벌이었던 국어 쌤을 그나마 따라잡을 거라고 해서 얼마나 속상하고 또 얼마나 울었는지 몰라요. 못생긴 게 죄는 아니잖아요? 적어도 인간으로 살아가기에 부족함 없는 모습을 갖추었으면 된다는 것이 보편적 인식으로 자리 잡는다면 세상이 바뀌어도 정말 많이 바뀌었을 것 같아요.

어쨌든 외모 스트레스가 점점 더 쌓이면서 이제는 거울을 들여다보면서 어디를 어떻게 하면 어떤 모습으로 변할지를 상상해 보는 것이 일상적인 습관이 되었지만 그때마다 병원 상담실장이 상담해 준 걸 들여다보면 다시 머릿속이 혼란스러워지고, 예뻐진다는 기대감은 그렇게 되기까지 견뎌야 하는 고통과 인내에 대한 두려움으로 덮여버려서 1년 넘는 시간 동안 결정은 못 하고 상상의 습관에만 젖어 있었어요.

엄마가 원망스럽고 왜 나를 이렇게 낳았느냐고 중학교 때 많이 따지고 대들다가 정말 많이 혼났는데, 언젠가 나랑 대판 싸우고는 아빠한테 푸념으로 "딸년 하나 있는 게 생긴 것도, 하는 짓도, 엄마한테 대드는 것도 어쩌면 저렇게 내가 저 나이 때랑 똑같은지…." 하시던 말을 우연히 듣고 나서는 엄마가 무슨 말을 하더라도 대들거나 싸우는 일은 없게 되었어요.

그렇다고 엄마가 이렇게 낳아줬다는 원망이 없어진 건 아니고 다만 엄마랑 사이가 더 나쁘지 말아야 어디를 어떻게 뜯어고친다고 하면 그 비용도 간호도 제대로 해줄 것이라는 생각이었어요.

다행인 것은 아빠가 사고로 몸을 다치기 전까지 벌어놓은 게 꽤 많다고 알고 있고 그래서 엄마나 나나 미용과 관련하여 돈이 필요하다고 하면 크게 따지지 않고 지원해 주신다는 거였죠.

하여튼 그러다가 결국 일을 저지르게 되었어요. 한 달 전에 엄마 단골 성형외과에 엄마랑 같이 가서 상담받다가 실장 조언대로 우선 얼굴 모양 잡는 데 제일 큰 수술이라는 양악수술부터 받기로 하고 수술 일정을 정한 게 사흘 전이었어요. 상담실장과 간호사 언니는 자세히 얘기해 주지 않는 것 같아 인터넷으로 대강 알아본 수술 과정과 통증에 대한 두려움에 사색이 되어있는 나를, 그렇게 혼내고 욕하던 엄마가 얼마나 안심시키려고 했는지 같이 울면서 적신 휴지가 한 주먹은 되는 것 같았어요.

그리고는 수술실로 들어갔고 마취 주사 맞는다는 말 듣고 눈 감았다가 묵직한 통증에 눈을 잠시 뜨면서 수술이 끝난 걸 알았지만 내 얼굴이 없어진 것 같은 이상한 느낌과 함께 숨을 못 쉬고 가슴이 조여와서 링거를 비롯한 엉킨 줄 잡아당기며 팔을 휘두른 게 제 육신의 마지막 몸짓이었어요.

저는 제가 태어났던 게 엄마의 부모님들 탓이라고 생각해요. 엄마의 부모님은 딸이 잘생기지도 못한 데다 공부도 특출나지 않으니까 대충 졸업시켜 시집이나 보내면 그만이라는 생각뿐, 엄마가 갖고 있던 외모에 대한 스트레스는 전혀 이해해 주지 않았어요. 그렇게 내면의 엄청난 스트레스를 품고 지내던 엄마의 대학 4학년 여름방학 때, 그런 비슷한 스트레스를 갖고 있던 친구와 바다에 나갔다가 해외 공사현장에서 기술자로 일한다는 남자 둘의 심심풀이 술자리에 끌려가게 되었다더군요.

내심 좋았지만 그래도 버티기 한 번은 했다면서…. 그런데 그날 밤 술자리가 각자의 잠자리가 되고 말았고 결국 내 육신의 원초적 출발은 그날이 되었던 것이지요.

하지만 아빠는 엄마의 임신 사실을 알면서도 어떻게든 엄마와 헤어지고 싶어 했고 애초 엄마를 탐탁하게 여기지 않던 아빠의 부모님이 임신 사실을 알고부터는 울며 겨자 먹기로 아들을 설득시켜 결혼을 하게 하셨답니다.

이 과정에서 서로 드러내 말하지 못한 가장 큰 갈등 원인은 엄마의 외모였다는 사실을 최근 아빠 생일 모임 후 늦은 밤에 엄마가 제게 고백하시더군요. 제 성형에 대한 계획을 물어보면서….

제가 태어난 건 부모님의 부모님들 탓입니다. 맞아요, 아빠 탓이 아니고 더욱이 엄마 탓은 아니지요.

이제 흔히 생김새로 평가받는 육신의 세상을 벗어나니 저렇게 재로 변한 육신에 대해 한 점 미련도 없고 오히려 홀가분한 느낌입니다.

제가 보이나요? 안 보이죠?

안 보이니까 제가 세상에서 제일 미인이었다고 해도 아니라고 반박할 수 있겠어요?

이제부터 저를 기억하여 뇌 속으로 저를 부르는 살아있는 육신의 기억 속으로는, 원망했던 부모님이든 공감하던 친구든 세상 최고의 미인으로 찾아갈 생각입니다.

그런데 아무도 기억해 주지 않을 때, 그때는 어디 있어야 하지요?

저는 줄 서는 건 질색입니다. 줄 서본 적도 없어요. 지금은 어디로 가야 할지 그 걱정이 육신에 대해 성형수술 받기 전의 걱정과 그대로 닮아 있군요.

어르신 말씀대로 어디 혹시 이정표라도 있는지 찾아봐야겠네요.

저는 교회 잘 다녔어요. 어디를 가나 저와 친하려는 사람이 없었는데 그나마 교회 가면 모두가 어서 오라 하고 잘해주고 웃어주고 그야말로 주님의 사랑이 외모와는 상관없다는 것을 절실히 느끼면서 주일을 열심히 지켰어요.

비록 그게 교회라는 공간 안에서만 내게 베풀어지는 철저한 위선이라는 걸 나중에 알게 되었지만 - 언젠가 교회 내 학생모임 주관하는 목사님이 그 모임 친구들과 차 한잔하면서 내 얘기하는 걸 등 뒤로 들었어요. "마주 보고 얘기할 땐 좀 그렇다는 걸 나도 인정하지만 그래도 주님 안에서 사랑합시다." - 난 그냥 무시하고 겉으로라도 인정받고 대접받는 게 싫지 않아서 그대로 주님을 믿고 있었지요.

그래서 혹시 어디 하느님 쪽으로 가는 길 표시라도 있는지 찾아볼 생각이에요.

못 찾으면 그냥 미인 魂으로 미친 魂처럼 여기저기 떠돌아다닐 생각입니다.

제4 魂

일찍
왔나요?

"야, 사 왔어?" 이 새끼가 사 왔으면 말을 해야지 쭈뼛거리기만 하고 아무 말을 안 한다. "내놔, 이 새끼야~." 마지 못해 겨우 내놓는 거 보니까 뜯지 않은 건데 귀퉁이가 조금 구겨진 것 같고 아무래도 지네 아빠가 사다 놓은 거 훔쳐 온 것 같았다. 뭐, 새 거면 됐지 그게 무슨 상관이냐 싶어서 더 시비 걸지 않고 바로 뜯어서 한 개비 존나 빠르게 피워 문다. 어차피 이 새끼는 내가 시키는 대로 할 테니까 물건만 잘 조달하면 난 더 괴롭힐 이유가 없다.

내가 이 새끼한테 이런 심부름 시켜도 공짜로 그러는 건 아니라서 일방적으로 뜯어먹기만 하는 내 뒷자리 새끼하고는 격이 다르다는 자부심을 갖고 있다. 난 성질 더럽긴 해도 공부는 꽤 하는 편이라서 가끔씩 다른 놈들 컨닝시켜 주기도 하는데 특히

이 새끼한테는 옆자리라서 더 잘해주고 있고 그래서 학기 초에 꼴찌라고 소문난 게 어느새 쑥 들어가고 대신 내 손 안으로 완전히 머리 처박고 있는 중이다.

얼마 전부터 연기를 들이마시고 코로 내 뿜는 기술을 시도하고 있는데 목에서 코로 나오는 그 짧은 매캐함이 자꾸 그다음 연기를 재촉하며 부르는 것처럼 느껴진다. 이제 코로 넘어갈 때 기침을 하거나 하는 일은 없어졌다. 숙달이 되고 있다. 담배를 잡은 손가락 모양도 아주 자연스러워서 힘을 주지 않는데도 담배가 손가락 사이에 잘 붙어 있고 필터 밑을 잘 감싸고 있다.

꼰대 하나가 지나가면서 흘낏 쳐다보다가 가로등 그늘의 어둠 속으로 사라지고 나서 다시 새 담배로 갈아 물고 먼저 피우던 담배로 불을 붙이고는 다 핀 꽁초를 불을 끄지 않고 그대로 손가락 튕김을 한다. 잠시 허공을 가르는 꽁초의 불빛이 멋진 포물선을 그리며 오른쪽 앞 음식점 주방 뒤에 나와 있는 가스통으로 날아간다.

아! 가스 통!!!~~~

눈앞이 번쩍하는 순간 귀가 멍~ 하더니 몸이 붕~ 떴다가 어딘가에 부딪힌다.

"뜨거워~ 너무 뜨거워~! 나 좀 살려줘 엄마~!"

저는 불타고 있는 내 몸을 내려다보면서 살려 달라고 했어요. 병원에 실려 가기 전에 이미 내가 몸에서 빠져나왔지만 터지고 찢어져 피투성이가 된 채 불타고 있던 내 몸을 그대로 놔둘 수 없어서 엄마, 엄마를 몸 대신 계속 부르고 있었어요. 그렇게 불러도 엄마는 오지 않고 소방차, 구급차, 경찰들이 먼저 왔고 난 내 몸이 실려 가는 구급차를 따라가면서 침대 옆에 앉아 있던 구급대원 뇌 속으로 계속 엄마한테 전화하라는 신호를 보내고 있었지만 아무 소용없었고 그 사람은 중증 화상환자 받아줄 응급실이 있는 병원 찾느라 정신이 없었어요.

저는 계속 내 몸을 따라다녔어요. 병원 응급실에 들어가고 간호사 누나들 떼로 달라붙다가 당직의사 와서 심정지 확인하고는 하얀 시트를 덮어놓더군요.
얼마 후에 엄마, 누나, 아빠 순으로 달려 들어오고 얼굴 보는 순간 다들 잠깐씩 몸과 혼이 쉼표를 달더군요.
그리고는 차가운 냉장보관실의 어둠 속으로 실려 갔어요.

세 줄기의 독백

난 내가 친구를 잘 못 사귄 것도 아니고 오히려 나 스스로 착한 애 소리 듣는 게 지겹고 싫어서 뭐가 착하지 않은 짓인지를 골라서 해보고 싶었어요.

그래서 좀 논다는 애들이 쓰는 욕이나 술, 담배를 혼자 배우고 혼자 하다가 옆자리 그 새끼가 어느새 눈치챈 것 같길래 미워서 주먹 좀 쓰는 척 겁주면서 담배 심부름 한번 시켰더니 의외로 순순히 말을 들었고 이번이 두 번째였는데 그게 내 몸이 누릴 행복의 마지막이 되었어요.

엄마 아빠는 몰라요. 어린이집, 유치원 다닐 때부터 착하고 여린 성품이라고 입에 침이 마르도록 칭찬하고 예뻐해 줬지만, 초등학교 때는 피아노학원, 미술학원, 수학, 영어, 탁구, 축구 등, 조기 재능 발굴해야 한다는 엄마의 세심하고 치밀한 육아 플랜을 따라잡느라 너무나 힘들었고 급기야 5학년 때는 난 아무 재능도 없으니까 제발 학원 안 다니게 해달라고 울부짖다가 엄마가 정신병원에 끌고 가는 비참한 일이 벌어지기도 했어요.

결국 영어 학원 하나만 남겨놓고 다 끊었더니 온 세상이 그렇게 밝아지고 환하고 너무너무 즐거웠어요. 집에 아무도 없는 방과 후 시간, 컴퓨터 게임, 핸드폰 게임 손가락이 아파서 못 할 정도로 실컷 할 수 있었어요. 그러면서도 학력평가는 상위를 유지

했으니까 엄마 아빠는 불안하면서도 학원은 더 이상 보내질 않았는데 중 2 진단평가 때 성적이 뚝 떨어진 후 엄마 아빠, 특히 엄마의 닦달을 견딜 수 없어서 다시 세 군데 학원 등록하고는 아침 7시부터 저녁 10시까지의 빼곡한 시간표를 따라가고 있었어요.

그러다가 조금 성적이 회복되는 것 같으니까 되지도 않을 특목고나 자사고에 넣으려는 엄마의 욕심과, 버는 돈으로는 학원비 대는 게 버거워 많이 힘들었던 아빠의 현실이 잦은 충돌을 일으키다 결국 일반고로 협상이 마무리되어 이 학교를 들어왔고, 입학하고 나서 분위기를 보니까, 엄마한테서 듣던 것보다는 그래도 좀 느슨한 편이라 안심이 되었지만, 이제 공부나 성적 얘기를 내 눈치 보면서 조심스럽게, 그것도 참았다가 어쩌다 얘기하는 엄마의 모습이 더 보기 싫어지는 건 어쩔 수 없었어요.

그러면서 앞자리 나보다 작아 보이는 새끼가 맨날 풍기는 담배 냄새에 자꾸 끌려서 어떻게 할까 궁리하다가 옆자리 저 새끼를 이용하기로 했던 것이고 그게 나를 이 자리에 오게 한 원인이 되었지요.

이상한 건 가스통 터뜨리기 전까지는 엄마가 싫었는데 지금은 그런 게 사라지고 없네요. 그렇다고 아빠나 누나가 더 좋아진 것도 아니구요. 근데 조금 전까지 내 몸이 타고 있던 저 화로의 불이 내가 빨았던 담뱃불보다 얼마나 더 뜨거운지 그게 궁금해지네요.

담배 갖다 준 그 새끼는 여기저기 수술해야 한다고 간호사가 하는 말을 스쳐 듣긴 했는데 몸은 아직 죽지는 않은 것 같고 하여튼 여기 같이 오지 못한 게 좀 아쉽네요. 같이 왔으면 불이 없는 아주 차가운 곳 좀 먼저 찾아보라고 시킬 수 있을 텐데…. 그렇다고 언제 올지도 모르는 데다 여기도 조금 있다가 비워줘야 한다니까 저는 그냥 혼자 불이 없는 곳을 찾아갈게요.

일찍 왔다고 갈 데 없는 건 아니겠지요?

돌아가야
합니다

경영학과 입학할 때 축하 많이 받았어요. 졸업하면서 바로 증권회사 취직되고는 나 스스로를 얼마나 칭찬했는지 몰라요. 고객에게 유망한 종목 추천해 주면서 그들의 수익금이 불어날 때의 기쁨과 희열, 그건 정말 살 맛을 느끼게 해주는 최고의 행복이었고 그게 저의 실적이 되어 보너스가 되고 내 통장의 잔고에 살이 붙기 시작하더군요.

고객들의 투자 단위에 조금씩 0이 하나씩 더 붙기 시작했고 덩달아 수익금의 몇 퍼센트를 따로 내게 챙겨주는 고객들이 생기기 시작했지요.

여직원으로서의 투자 판단이 때로는 남자직원들을 압도하는 경우도 생기고 그러다 보니 여성 고객들은 거의 다 내게 쏠리게 되는 현상이 이어졌어요.

그럭저럭 제 통장의 살집도 '억' 소리를 내기 시작하고 이제는 내가 투자해서 내 수익률을 증명해야겠다는 강한 욕심이, 실패하면 어쩌려고? 하는 두려움을 저만치 밀어내고 있었어요. 결국 새로 상장한 정유회사 주식을 내 통장 잔고 기록을 다섯 자릿수만 남긴 채 올인으로 사들이고 그게 10%쯤 뛴 일주일 뒤, 기분 좋게 치킨과 맥주 사 들고 들어가 식구들과 먹고 자리에 들었지요. 그리고는 물론 남편과의 진한 사랑도 확인하구요.

다음 날 토요일 아침, 습관처럼 일찍 보는 CNN 뉴스에 자막으로 중동석유 증산 뉴스가 떴고, 난 바로 월요일 출근하면 팔아야겠다는 생각을 하면서 남편의 공장 출장을 준비해 보냈지요. 그런데 그날, 애들과 점심을 먹고 설거지를 하려는데 걸려온 전화. 그 전화를 받으면서 우리 식구들의 삶, 아니 내 삶의 모든 게 내리막으로 치닫기 시작했어요.

"경찰입니다. 남편께서 졸음운전으로 사고를 내셔서 70대 노인 한 명과 50대 아주머니를 치었고 노인은 생명이 위태로운 상태이며 아주머니는 뇌를 크게 다쳐서 병원으로 후송되었고, 남편께서도 하체의 부상으로 같은 병원으로 후송되었습니다."

하늘이 무너진다는 말이 바로 이런 것이더군요. 그 전화 이후로 경찰서, 병원 다니느라 정신이 없었고 제가 사고 수습하느라 휴직하는 사이 고객들은 썰물처럼 빠져나가고, 제가 투자했던 주식은 원금 손실이 35%나 되었어도 사고 수습으로 전량 처분해야 했고, 합의금과 병원비를 감당 못 해 결국 집을 처분해야 하는 상황이 되었어요. 거기에다 남편은 왼쪽 다리를 절단해야 했지요.

중고 칠천만 원.

2년 후, 저는 이 가격에 산 중기 굴삭기의 기사가 되어 다시금 가족의 생계를 책임지고 있었어요. 하지만 여자 기사를 선호하지 않는 풍토에서 제게 오는 일거리는 애들 공부 뒷바라지와 생계를 꾸리기에 역부족이었고 결국 장비 구입 1년도 되지 않아 다시 싼값에 되팔아야 했지요.

그리고는 답답한 마음에 전에 근무하던 증권사를 찾아갔고, 마침 제가 근무할 때 차장으로 있던 분이 지점장으로 있었어요. 제 그간의 상황을 듣더니 친절 이상의 호의로 대해주셨고 일주일 후 투자상담사로 와달라는 연락이 오더군요. 다시는 나오지 못할 함정으로 스스로 굴러 들어가고 있었어요.

운이 좋았는지 상담사 근무 석 달 만에 신규 고객을 제법 확

보했고 지점 실적 향상에서도 조금씩 눈에 띄는 존재가 되기 시작했는데 이때부터 지점장의 본심이 나오기 시작하더군요. 처음에는 제 고객 중에서 투자금이 크고 매매 빈도가 잦은 고객 두 명의 상담을 자기한테 넘기라는 것이었어요.

저는 일자리를 제공해 준 그 고마움에 바로 고객의 동의를 얻어 넘겨주었어요. 그 뒤에도 몇 명 우량고객의 상담을 더 넘겨야 했는데 사실 그때까지 제가 잘 보여야 할 대상은 우량고객이 아니라 바로 지점장이었기 때문에 내 고객을 다 넘겨달라고 해도 그래야 한다는 생각이었어요.

그렇게 처음 상담고객을 넘겨준 날, 제게 고맙다고 저녁 사준 다면서 고급 일식집에 데려갔고, 그다음 다시 고객을 넘겨준 날, 그 일식집 끝 방에서 술을 곁들인 식사하다가 내 옆으로 건너와서는 "정말 잘하고 있어. 우리 둘이 한 팀 되어 최고 성적 내보자."는 말과 함께 손을 잡더니 안아쳤어요.

'이게 아닌데….' 하는 느낌과 '그래도 나를 구해준 고마운 사람'이라는 느낌이 충돌하고 있는 사이, 내 입술은 이미 그 사람 입술로 덮여 있었고 결국 그날 밤 그 두 가지 느낌이 계속 충돌하는 상태로 몸이 섞이고 말았어요.

그리고는 두 달이 지난 바로 이틀 전, 비 오는 날 저녁, 설마 하고 낮에 들렀던 산부인과에서 임신이라고 축하한다는 의사의 말을, 의사의 축하와는 상반된 사색이 된 채로 듣고 나와서 집 앞 어린이 놀이터 의자에 앉아 우산으로 얼굴을 가린 채 한없이 울고 있었지요.

가족에게는 물론이지만 나 자신에게도 면목이 없었어요. 아무리 울어도 이렇게까지 만든 나 자신이 용서가 되질 않았어요.

지나가는 차 불빛을 가린다고 우산을 옆으로 돌리는데 앞에 어린이 그네가 분홍색 빨랫줄로 기둥에 묶여 있는 게 보였고 잠시 후 저는 그네 위 원통 파이프에 매어진 그 빨랫줄에 목을 넣고 있었어요.

저는 그렇게 여기 왔어요. 목이 걸려 있어서 그랬는지 저 화로 안에서도 몸에서 빠져나오기가 힘들었어요. 저는 어떤 방법으로든 돌아가야 해요.

몸으로는 돌아갈 수 없으니 남편과 애들 머릿속으로라도 꼭 돌아가야겠어요. 가서 애들이, 남편이 용서해 줄 때까지 있어야 합니다.

가서 애들한테 반찬은 어떻게 만들고 아빠 밥을 어떻게 해줘야 하는지, 약은 어떻게 먹어야 하는지, 빨래는 어떻게 하는지,

통장은 어디 있고, 어디에 비상금이 있는지도 가르쳐 줘야 합니다.

나는 돌아가야 합니다.
어떻게 해야 돌아가지요?
어떻게 해야 하나요?

제6 魂

미련
없어요

몇 달 전⋯.

　남자의 손길이 어쩌면 이렇게 부드러울 수가 있을까? 엎드린
채 눈을 감고 목 주변부터 전해오는 찌릿찌릿한 느낌을 하나도
놓치고 싶지 않아 초고가 변호 수임 업무보다 더한 집중을 하고
있다. 어깨를 주무르던 손이 브라 끈 위쪽을 잠시 배회하고는 끈
아래로 널찍하고 따뜻하게 들어온다. 이런 무아지경의 편안함,
뭔가 황홀경으로 빠져들게 할 것 같은 이 짜릿함에 처음 '비싼
게 아닌가.' 했던 생각이 잠시 무안하게 느껴진다.
　어느새 손길이 양쪽 엉덩이 위에서 천천히 원을 그리고 있다.
이따금 엄지손가락이 다리 사이를 스치면 그때마다 나도 모르
게 거기에 전기가 흐른 듯 눈을 찔끔거린다. 그리고는 허벅지 안
쪽과 바깥쪽을 넘나들다가 종아리를 가볍게 두드린다. 손길이

허벅지 안쪽으로 스칠 때는 처음 무대에 선 연주자처럼 내가 긴장한 만큼이나 떨리더니 종아리 두드림에는 자신감이 살아난다.

　돌아누우란다. 난생처음 다른 남자 앞에 브라 팬티 차림으로 누워있다는 부끄러움을 지워주려는 듯 수건으로 눈을 가려준다. 눈을 가리니까 부끄러움보다 어디를 어떻게 마사지하려는 걸까 하는 긴장감에 혈압이 오르고 얼굴마저 빨개지는 것 같다. 머리 정수리를 누르더니 목을 쓰다듬고 쇄골을 아래위로 오가더니 가슴골을 스친다. 이젠 이 손길이 그 사람 손길로 느껴지기 시작한다. 너무도 사랑했던 사람. 정신과 몸 모두 다 내게 바쳐준 사람. 그 사람이 그때처럼 나를 애무한다. 브라 안쪽으로 들어왔다 나갔다 하는 그 사람의 손길에 그때처럼 반응한다. 나도 모든 걸 다 바쳐서 사랑했던 그때처럼. 배꼽과 아랫배를 크게 돌다가 양쪽 사타구니 주변을 강하게 약하게 반복한다. 황홀하다. 몸이 붕 ~ 뜬다.

　아… 몸이 새털처럼 가벼워진다.

　남자가 그렇게 자상할 수가 없었다. 내가 퇴근해서 피곤한 듯하면 저녁식사를 직접 챙겨 먹는 것은 물론이고, 그 사람도 종일 컴퓨터 일로 어깨가 아플 텐데도 내 어깨를 한참을 주무른다. 때로는 시장도 봐다 주고 내가 부탁하는 허드렛일부터 변론문 파일 작성까지도 해주는 사람. 여자를 아껴주는 그 섬세하고 자상함에 난 모든 걸 맡기기로 하고 결혼했지만 결국 하나 있는 아들 고등학교 입학을 목전에 두고 이혼할 수밖에 없었다.

착하고 성실하고, 괜찮은 직장에서 능력 인정받고 있고, 건강하고 잘생겼고 목소리도 중후하고, 친구관계 대인관계에 대체로 리더 기질도 있고… 이만하면 내가 아무리 변호사라 해도 여자로서의 결혼 상대로는 훌륭하다 싶었고, 언젠가 술 한잔하고 취한 척 잠자리 같이해 보고는 몸으로도 나를 행복하게 해줄 것 같아 부모님은 탐탁하게 여기지 않는 결혼이었지만 나이가 있어서 서둘러 결혼했고 기대 이상의 행복을 누리며 신혼생활을 하고 있었다.

하지만 단 한 가지, 그 사람은 선천적인 알코올 분해효소 부족으로 술을 하지 못했고 그래서 직장에서도 회식에는 식사만 하고 그 후의 술자리는 대부분 피하여 집으로 오는 경우가 많았다. 군대 갔을 때도 술을 못해 선임으로부터 오해를 사서 구타를 당하는 일도 있었다고 했다. 가까운 친척들 중에 알코올 중독으로 힘들게 지내다 사망한 경우를 두세 차례 목격하기도 해서 그런지 하여튼 술에 대해서는 상당히 부정적인 인식을 갖고 있었고 술자리에서, 아니면 술 마신 상태에서의 대화나 행동에 대해서는 일체 믿음을 주는 일이 없었다.

반면에 나는 퇴근 후 동료들이나 수임 변호 업무 추진 관계로 술자리에 참석하는 경우가 자주 있었고 때로는 과음하기도 해서 대리운전으로 집에 들어오기도 했었는데 그렇게 과음했을 때는 귀가시간이 12시가 넘었어도 화난 그 사람에게 왜 화를 내느냐고 따지는 경우가 많았다.

다음 날 아침 눈 뜨면서 전날 밤의 내 행태를 상기시켜 주면 나는 큰 소리로 전날 밤의 일을 모조리 부정하면서 싸움을 하는 일이 생기기 시작했고 그 빈도가 점점 잦아지게 되었다. 그래도 그렇게 다툰 그날 저녁엔 내가 미안해서 일찍 들어가서 저녁도 차리고 잠자리 분위기도 만들고 그 사람도 그런 내 사과의 움직임을 알몸 마사지 서비스를 해주면서 넘어가곤 했는데 그때의 손길은 보통때의 손길보다 더 짜릿짜릿한 느낌과 색다른 절정으로 이끄는 마력을 가진듯했다.

그런 일상의 반복 속에 언젠가 만취되어 동료 남자 변호사 등에 업혀 집에 들어오는 일이 생겼고 그날 밤 술 먹던 주점에서 그 동료에 안겨 춤추는 사진을 그 사람이 보게 된 것이 결국 이혼의 결정적 사단이 되고 말았다.

이혼 후, 독신의 해방감과 더불어 그만큼의 외로움을 나름대로 조화롭게 즐기고 견디며 지내고 있던 중, 언젠가 여자 사무장이 슬쩍 한번 가보라고 명함 한 장을 책상 마우스 패드 밑에 찔러줬었는데, 핸드백 속에서 한참 동안 잠자고 있던 그 명함이 우연히 발견된 그날, 괜한 두려움과 설렘을 품고 용기를 내어 사무실에서 가까운 그곳을, 아는 사람 눈에 띨까 두리번거리면서 찾아 들어갔고 정말 오랜만에 남자의 손길, 아니 그 사람의 손길을 느끼고 왔는데 그게 내게는 마지막 남자의 손길이 된 것을 깨닫는 데는 불과 며칠 걸리지 않았다.

그곳에 다녀오고 일주일 뒤, 전부터 명치 쪽이 아프기도 하고 등도 자꾸 아파서 아무래도 술 때문이겠지 하면서도 느낌이 좋지 않았는데 그날따라 통증이 다른 때보다 심해진 것 같아 사무실에서 두 블록 위쪽의 종합병원을 갔었고 그리고는 응급으로 여러 가지 복잡하고 힘든 검사를 거친 후 내게는 수술이 불가능한 췌장암 말기라는 청천벽력의 진단이 내려지고 말았다.

그렇게 검사한다고 입원한 병실이 그대로 마지막 내 방이 되었고, 점점 하루가 다르게 심해지는 통증과 강한 진통제에 의한 부작용, 그리고 그에 따른 정신적 피폐에 시달리며 몸의 마지막 날을 기다리고 있었고 그렇게 넉 달쯤 지나 얼굴과 몸의 골격 윤곽이 선명히 드러나고 있던 이틀 전 아침, 이혼 후 처음 잡은 그 사람 손에 힘이 풀리더니 내 눈동자엔 눈물 한 방울 흐르면서 그나마 희미하게 보이던 천장조차 사라지고 말았다.

여기까지가 내가 내 몸에 실려 있던 시간의 이야기입니다.

저는 몸이 살아 있는 동안에는 몸과 내가 함께 누릴 수 있는 행복을 대체로 다 누리며 살았다고 생각합니다. 그래서 입원하고 한 달쯤 후, 제일 친했던 대학 친구가 옛날 유아 세례받은 게 전부인 나를 반강제로 친구가 다니던 교회의 전도사에게 천국에 이르는 길을 안내하도록 부탁했을 때, 정말 싫었지만 친구의 진심을 알기에 거절하지 못했습니다. 하지만 제 평소의 신념, '나는 별로 죄지은 게 없고 이만하면 내 힘으로 행복하게 살고 있다.'는 신념이 강했던 터라 사흘에 한 번씩 찾아와 2시간씩 제 손을 붙잡고 회개하고 구원을 얻으라는 전도사의 통성기도가 몸의 통증보다 더 고통스럽더군요.

저는 몸과 함께 누렸던 행복을 여기서 다시 누릴 수 있다면 좋겠습니다. 하지만 눈물 흘리던 아들조차 아빠와의 대화처럼

'엄마는 혼자의 행복만을 생각했다.'는 원망으로 다시는 나를 기억하지 않는다면, 미련 없이 이 허공마저 떠나렵니다.

천국 가는 길이 보인다면 기꺼이 그 전도사가 가라고 양보하면서….

세 줄기의 독백

제7 魂

꼭
오겠습니다

여름 내내 농장일 하다가 벌이가 뱃일이 더 낫다고 해서 이쪽으로 왔는데 오자마자 바로 멸치배를 타게 됐다. 한국에서 배 타는 일은 처음이다. 첫 번 출항에는 일이고 뭐고 뱃멀미에 죽는 줄 알았고, 그래도 쉴 새 없이 속을 비우는 나를 일 시키지 않고 쉬라고 하던 선장님 갑판장님이 너무 고마워서 다시 다음 출항에 따라갔고 그렇게 몇 번 힘들게 따라다니면서 이제 멀미는 견딜 수 있는 정도까지 되었다.

　멸치가 많이도 잡혔다. 선장도 선원들도 힘들게 일은 해도 얼굴이 어둡지는 않다. 그물을 올리는데 그물에 붙어 있는 멸치 뜯어 먹는 갈매기 떼는 다들 신경도 쓰지 않는다. 갈매기가 뜯어 먹는 멸치도 상당할 텐데. 팔과 어깨, 허리, 다리가 안 아픈 데가 없다. 아직 그물을 다 올리지 못했는데도 이러니 과연 견딜 수

세 줄기의 독백

있을까? 몸은 아파도 저녁 햇빛에 촘촘히 은빛으로 퍼덕이는 멸치가 너무 예쁘다. 죽을 힘으로 그물을 올리고 나서 다른 선원들 따라 물을 벌컥벌컥 마시고는 멸치 털기를 시작한다. 처음 그물질에 많이 잡히면 멸치 달린 그물 그대로 항으로 들어가 배를 정박시키고 털이를 하지만 그렇지 않을 때는 재투망을 위해 배에서 털이를 한다. 내가 보기에는 많이 잡혔는데 선장님 생각에는 더 잡아야 되는가 보다. 멸치뱃일 중에서 제일 힘든 게 털이라는데 난 처음 털이를 해본다. 어~하~ 어~햐~ 아무 의미 없는 말이지만 합창으로 박자를 맞춰야 제대로 털이가 되는 걸 보면 이건 어찌 보면 목숨을 잇게 하는 노래이고 합창인 셈이다.

털이가 끝나고 곧바로 다시 그물을 내리니까 새벽 2시. 여기저기 너무 아파서 몸이 몸 같지가 않다. 좁은 선실에서 쪽잠 겨우 1시간 잤는데 그물을 올리라고 선장이 소리친다. 서둘러 옷을 입고 장화 신고 나간다. 그물을 올리는 데 이번에는 더 많이 걸린 것 같다. 아픈 팔과 어깨, 허리를 정말 죽을 힘을 다해 움직인다. 몸 전체에 감각이 다 없어지고 거의 무의식적인 움직임이 얼마나 지속되었을까, 드디어 그물이 다 올라왔다. 내가 이 일을 계속할 수 있을까? 두 번째 그물 내릴 때부터 높아진 파도가 언제 이렇게 높아졌는지 배 앞머리가 내려갈 때마다 커다란 파도가 갑판을 삼킨다. 서둘러 선실로 가려고 겨우 버티며 일어서는데 다시 파도에 배 앞머리가 들리면서 난 양망기에 머리를 부딪친다. 야! 하고 소리치는 갑판장 목소리가 멀리서 들린 것 같다.

아버지는 베트남전 끝 무렵, 한국 부대 의무병으로 사이공 인근에 나와 있었는데 부상병 치료나 약품 조달 관계로 현지 병원을 자주 드나들고 있었다. 엄마는 그 병원의 간호사였고 병원에서의 업무차 만남이 주말의 사적인 만남으로 이어지고 결혼 약속 후 엄마 집으로 왕래를 하기에 이르렀다.

그리고는 누나를 낳았고 누나가 태어난 지 몇 달 후 아버지는 한국으로 귀국해서 제대하고 약대 복학, 졸업한 후 약국을 하고 있었는데 아버지가 귀국할 때 내가 이미 엄마 배 속에 있다는 사실을 엄마도 아버지도 몰랐다고 했다. 귀국 후 아버지는 엄마의 애타는 편지와 전화에 곧 베트남에 와서 엄마와 우리를 데리고 한국으로 가겠다는 약속을 했지만 결국 내가 두 살이 되었을 때 연락이 끊어지고 말았다. 엄마는 누나 낳고 육아 때문에 병원을 그만두었는데 나까지 태어났는데도 아버지한테서 돈은 안 오고 연락조차 안 되는 상황에 생계를 유지할 수 없어 미군 물품 밀매하던 돈 많은 남자의 둘째 부인으로 들어갔고 우리는 엄마가 보내주는 돈으로 외할머니 손에서 자라게 되었다. 그렇게

20년을 외가에서 지낸 어느 날, 누나가 어떻게 알았는지 한국대
사관을 통해 아버지의 거처를 알았다며 한국으로 가겠다고 했
고, 3년쯤 후 모은 돈 다 가지고 떠나더니 결국 아버지는 못 만
나고 무슨 공장인지 취직해서 다닌다고 했다. 그렇게 공장 다니
더니 얼마 후, 좋은 사람 만나 결혼한다 했고, 결혼 후 아들 낳고
나서는 한국이 돈 벌기도, 살기도 너무 좋다고 아버지도 찾을 겸
나를 오라고 하기 시작했다.

난 그때까지 시장 한쪽 큰 건물의 전자제품 상점에서 티브이
판매 담당으로 혼자 먹고사는 데는 지장이 없었기에 한국에 돈
을 벌기 위해 갈 이유도, 더구나 아버지를 찾아야 할 이유도 없
다고 생각했었지만, 누나는 매형도 내가 오면 다 돌봐 준다고 했
다면서 내가 오도록 비행깃값도 보내줬고 한 달 후, 나는 사표를
내고 비행기를 타고 말았다.

그렇게 한국에 왔을 때, 누나네에서 기거하면서 매형이 알선
해 준 염색 공장에서 일하기 시작했지만 아버지를 찾고 싶지는
않았고, 또 매형이 같이 사는 게 불편한 마음을 보이기 시작하
면서 나가서 독립하겠다 했더니 여기저기 알아보고는, 서울에서
한참 떨어진 한우 농가로 보내주게 되었고 그곳 일이 그리 힘든
일은 아니었지만 비닐하우스 잠자리도 그렇고, 돈도 적게 주는

것 같아, 같이 일하던 연변 아줌마의 소개로 뱃일을 찾아오게 된 것이었는데….

눈이 떠지진 않았지만 구급차 사이렌 소리가 가까이서 잠깐 들렸고, 다시 눈 감았다 뜬 것 같은데 내내 깜깜하면서도 누나 목소리가 잠시 들렸던 것이 내가 내 몸에 있던 시간의 마지막 기억이군요.

저는 한국 사람이 아닙니다. 아버지가 한국 사람이지만 제가 아버지의 가족관계에 등록된 적이 없어서 여기가 한국 魂들만 오는 곳이라면 저는 여기 있을 수가 없어요. 그나마 몸이 여기서 태워지니까 여기서 일하면서 배운 한국말이 나오고 있어요.

몸이 너무 고생했어요. 몸의 고생이 모두가 아버지 때문이라는 생각에 보지도 못한 아버지가 싫었고 돈은 여기서 벌었어도 여기 한국도 싫었어요. 그래서 몸에서 떨어져 나온 지금, 한국의 허공조차 싫습니다.

저는 베트남의 魂들이 우글대는 베트남의 허공으로 가겠습니다.

세 줄기의 독백

다만, 다만 몸이 다 태워져 재가 될 때까지 화로 앞을 지켜주신 선장님, 갑판장님의 고마움을 잊지 못해 가끔은 그분들의 기억으로 찾아오렵니다.

꼭 오겠습니다.

제8 魂

내 몸
조각내어…

회천리의 여름은 참으로 길었다. 보리가 누렇게 익기 시작하면서부터 시작되는 여름은 농사 규모가 좀 컸던 우리 집엔 언제나 바쁜 일과가 산처럼 쌓인듯했고 할아버지, 아버지, 어머니 거기에 어릴 적 홍역으로 죽다 살아나 목숨 부지하여 일손 보탬하던 나 역시 진종일 일에 매달려 있었던 기억이 초가을까지 이어지던 매미 소리와 함께 고향 추억의 마당바위가 되었고, 그 후의 삶의 기억들은 온갖 풍상의 흔적으로 그 마당바위 위에 낙엽으로, 자갈로, 흙으로 쌓여 있어서 때로는 아름다운 모습으로, 때로는 초라한 모습으로 내 눈을 찌르고, 가끔은 환한 웃음을, 가끔은 참지 못할 슬픔을 내 가슴에 몰아치기도 했다.

　　그 모든 기억들이 모여 있는 마당바위를 난 몇 년 전부터 이유 없이 수시로 찾아가서 드러눕기도 하고, 앉아 있기도 하고, 서 있기도 하면서 내 남은 세월에는 어떤 흔적들이 여기에 더

쌓일 수 있을까 공상과 망상을 거듭하기도 하고 궁극에는 그저 예쁜 꽃잎들만 쌓이기를 바라는 몽상으로 마음의 발길을 되돌리곤 했다.

내가 살아온 세월, 마당바위에 펼쳐 놓은 짧지 않은 시간의 흔적을 따라가며 조금 전에 빠져나온 내 육신의 삶을 돌아본다.

여섯 살 : 엄마가 봉숭아 물들여 준 게 손톱을 넘어 손가락 마디까지 물들었다. 너무 예쁘다. 등잔불 껐는데도 잠이 안 온다. 내일은 사촌언니 학교 갈 때 따라가 창가에 매달려 공부 구경하고 나서 쉬는 시간 되면 언니 친구들한테 자랑해야지.

아홉 살 : 강가 납작한 돌에 앉아 삼촌이 불어주는 하모니카 소리를 듣는다. 눈을 감고 듣는 하모니카 소리가 너무 좋아 앉은 돌에 맨손으로 장단을 맞추면서 어깨춤을 춘다. 하모니카 소리 사이로 소 풀 먹이던 엊그제 일이 떠오른다. 소를 풀밭 사이 소나무에 매어 놓고 토끼풀로 꽃반지 만들고 있었는데 갑자기 누가 등을 확 밀쳐서 앞으로 고꾸라지며 얼마나 놀랐는지 하마터면 울뻔했다. 뒷집 코찔찔이도 소를 몰고 나왔는데 꽃반지에 정신 팔려 있는 날 놀려주려고 소를 내 등 뒤로 몰고 와서 소 코뚜레로 날 밀게 한 것이었다. 그 뒤로 운동회 날까지 쳐다보지도

세 줄기의 독백

않았는데 언젠가 동창회 모임에서 그때 일을 잊지 않고 미안했었다고 사과하는 모습이 얼마나 우스웠는지.

열네 살 : 막냇동생이 많이 아프다. 열이 펄펄 나고 숨도 제대로 못 쉬는 것 같아 엄마 아버지가 밤을 새고 나도 덩달아 안절부절이다. 엄마가 동생 젖 먹이고 나면 내가 동생 돌봤고 지금도 틈만 나면 동생들 돌보느라 숙제 못 할 때도 많은데 막냇동생이 지금 많이 아프다. 누나가 해줄 게 없어서 정말 가슴 아프다.

엄마한테 은밀히 교육받았던 초경이지만 피를 보니 겁이 나고 눈물만 나고 아프기만 하다. 오랫동안 달마다 반복되는 일이라는 데 너무 겁이 난다.

열아홉 살 : 이제 겨우 여고 졸업한 나를 아버지는 사업을 물려주려는 것처럼 회사 일에 자꾸 데리고 다닌다. 어떤 일이든 맺고 끊는 게 확실하고 냉철한 성격이 사업에는 도움이 되는 성격이라면서. 아버지 사업의 내용과 규모를 이제서야 좀 자세히 알게 되었다.

스물다섯 살 : 아버지 사업 따라다니기가 벅차서 어느 회사 경리직원으로 취직한 지 1년이 된다. 하나둘씩 친구들 청첩장이

날아온다. 아직 내겐 아무 느낌도 의미도 없지만 식장에 축의금 들고 열심히 다니며 축하해 준다.

서른일곱 살 : 여자는 왜 꼭 결혼해서 애를 낳고 이 고생을 하면서 살아야 하나? 중매로 만나 변변한 데이트 한번 없이 결혼하고, 내 식구는 물론 수많은 시집 식구들 각종 경조사에 부엌데기로 전락하면서 부모님한테서 철저히 주입 받은 '남자는 하늘이야~.'에 따른 행동양식이 아예 몸에 배어버렸다.

내가 꿈꾸던 삶은 이게 아니라는 걸 절감하면서도, 여자로서의 인격은 철저히 무시되고 있다는 걸 알면서도, 행동은 그저 유교이념을 기름으로 쓰는 기계처럼 움직인다. 애들 학원비, 용돈, 시어머니를 비롯한 식구들 생활비를 남편이 주는 생활비로는 도저히 감당이 되질 않아 이제는 봉투 붙이기, 인형 바느질 같은 일을 시작한다.

쉰다섯 살 : 이 일 저 일 몸 아끼지 않고 힘겹게 지내는 내 삶으로 남편의 직장생활 잘 이어가고 있고, 애들 학교 무사히 마쳤으면 그게 행복 아닌가?

오늘도 일 마치고 동료 직원들이 마련한 저녁식사 자리 뿌리치고 집으로 돌아간다. 내 식구들을 위해 밥을 차리려고, 내 몸

세 줄기의 독백

계속 희생하는 절차를 밟느라고….

목에 커다란 혹이 생겨서 침도 삼키지 못할 정도로 괴로운 며칠을 괜찮겠지 하고 견디다가 병원 갔더니 빨리 제거 수술해야 한다고 했고 그래서 수술받고 며칠 입원했다가 평생 먹어야 한다는 약 받아 들고나오는데 저녁노을 빨갛게 물들인 커다란 해가 서쪽 아파트 사이로 떨어지며 내 눈을 정면으로 찌른다.

스트레스가 원인이고, 스트레스받지 말아야 한다는 의사의 말. 평생 내 눈 감을 때까지 가족, 친구, 지인들 모두가 내게는 스트레스의 원인일 것 같은데 나 보고 살지 말라는 얘기인가? 그래, 운동하는 게 그나마 스트레스 잊을 수 있는 손쉬운 방법이라니 운동이라도 열심히 해야 할 텐데 운동할 시간이나 있을는지.

이른한 살 : 그렇게 좋아하던 등산도 무릎이 아파서 이제는 낮고 편한 짧은 코스로 다니게 된다. 몇 년 전까지만 해도 명산, 험한 산 겁나는 일 없었는데 이제는 그런 산은 쳐다보지도 못한다. 평생 병원 문턱을 넘어본 적이 없다던 남편도 이따금 스스로 병원을 가고 있다. 이제 내 삶도 저무는 해가 분명한가 보다. 내 삶은 얼마나 남았을까? 지금까지 난, 내 몸 한 조각씩 떼어내어 남편 받들어주고 자식들 키워 결혼시켰는데 내게 남은 건 과연

무엇일까?

여든두 살 : 햇빛 가득 부서지는 창가에서 커피 한잔하면서 노래를 듣는다. "이 세상에 하나밖에, 둘도 없는 내 여인아~." 내 평생 받아 본 적 없는 이런 사랑은 어떤 모습일까? 비 내리는 여름날엔 우산을 씌워주는 그런 사랑이 내게도 찾아오기를 바라는 날들이 있었는데 이제는 그런 꿈조차 아득히 멀어지는 수평선 끝의 뱃모습 같다.

여든셋 생일 지난 엊그제, 외손녀 대학 입학 축하한다고 딸 사위 같이 밥 먹고 헤어져서 오던 길, 조금은 가로등 빛 어둑하고 약한 빗줄기가 있다 해도 길 건너는 사람 안 보일 정도는 아니었을 텐데 그만 트럭 같은 큰 차가 내 옆구리를 쳤고, 그대로 내 육신의 삶은 끝이 났어요.

내가 육신에서 떨어질 때까지의 내 모습은 아주 정상적이어서 기억이나 판단에 아무런 문제가 없었기 때문에 그런 상태로 여기 와 있다는 게 너무도 다행이고 행복해요. 그리고 육신을 조각내어 하던 봉사를 끝내서 더 행복합니다. 나는 이제 천국이든 지옥이든 육신으로는 받지 못했던 사랑과 행복을 찾아 어디든 가보려고 해요. 이제부터는 세월을 내 맘대로 왔다 갔다 할 수 있겠지요.

이제야 나는 자유를 얻었네요.

육신과 함께 누리지 못했던 자유, 사랑과 행복이 있는 곳, 꿈 꾸던 그곳을 찾아 장다리꽃 찾아오던 흰나비의 날갯짓으로 훨 훨 날아가렵니다.

(펜션)
별을
품은 달

보름 달빛이 가득 뿌려진 은빛 바다를 바라보면서,

검은 하늘 아래 파도 끝자락의 흰 포말만 보이는 바다를 바라보면서,

수평선 끝, 회색 구름을 붉게 물들이며 떠오르는 아침 해를 바라보면서,

그리고 해변의 백사장, 자갈밭, 둘레길을 걸으며 이곳에 머물다 간 사람들은 어떤 인연과 사연을 만들고 즐기고 곱씹고 회상하고 후회하며 풀어놓고 갔을까?

바다는 감성을 예민하게 자극한다.

바다의 밤과 낮은 계절과 날씨에 따라 언제나 다른 느낌을 갖게 만든다.

그런 바닷가의 한 펜션.

온통 하얀색의 그 펜션에서 설 연휴 끝을 지내려고 온 사람들의 이야기…

2022년 2월 초

강원도 양양의 한적한 바닷가에서

101호

신혼
부부

"완전 하얀 집이네? 와~ 예쁘다." 은정의 들뜬 목소리에 민규도 같은 톤으로 대꾸한다. "내가 찾아본 펜션 중에서 제일 괜찮은 거였어."

주인한테 전화하고 키 받아서 방으로 들어간다. 은정의 가방이 터질 듯 부풀어 있어서 들어가다가 문에 걸려 넘어질 뻔한 걸 민규가 잽싸게 잡아준다.

"고마워~." 은정이 민규에게 볼키스를 해주고는 "기름 냄새 때문에 먼저 씻기부터 해야겠어." 하더니 가방을 여는데 민규 한복이 맨 위에 눌려 있다가 스르르 흘러내려 간다. 가방 안으로 손을 뻗어 구석 아래쪽에 있던 작은 분홍 가방을 꺼내더니 바로 화장실로 들어가고 민규는 작은 한숨을 쉬면서 창 쪽 의자에 털썩 앉는다.

민규는 전형적인 평범하고 착한 청년시절을 보냈다. 대학도 상위권 대학 경영학 전공으로 같은 대학 대학원 석사 과정을 끝내고 재계 상위 그룹사의 사업개발팀에 큰 어려움 없이 입사했고 그렇게 이상적인 청년의 삶을 시작하고 있었다.

아버지는 작은 사업체이긴 하지만 수익률이 일정한 방위 산업 관련 부품공장을 운영하고 계셨고 어머니는 전업주부였지만 활발한 대인관계로 친척뿐만 아니라 친구도 많았고 또 외부의 친목, 운동모임으로 정말 바쁘게 지내고 계셨는데, 민규가 입사하고 얼마 지나지 않아 어머니가 친구 딸을 한번 만나보라고 소위 소개팅을 주선하셨다.

민규는 신입사원으로서의 중압감에서 벗어나지 못한 상태라서 여자를 소개받는 것이 내키지 않는 일이었지만 이미 어머니가 약속을 정한 상태라서 할 수 없이 나갔는데 그 여자의 인상이 괜찮았고 다행히 그 여자도 민규에 대한 인상이 나쁘지 않았는지 여자가 먼저 "찻값은 제가 낼 테니까 저녁 사주실래요?" 했다. 민규가 동의하면서 근처의 파스타 맛집으로 가는 길에, 떨어져 걷는 게 어색하다 싶어 손을 잡으려고 했더니 "어머, 우리 사이에 아무것도 형성된 게 없는데 손을 잡으면 성희롱이 될 수도 있지 않을까요?" 하는 게 아닌가.

그 말을 듣는 순간 다시 거둔 손끝으로 '아니, 소개팅이라고 나왔고 서로 나쁘지 않은 인상을 주었다면 그게 이미 손잡는 정도의 기본은 형성된 게 아닌가? 이게 무슨 성희롱?' 하는 의문과 실망이 엄습했고 차 마시는 동안 별문제 없던 첫인상이, 식사하면서 나눈 대화에서 남자를 일단 관심이나 사랑의 대상이 아닌 경계나 투쟁의 대상으로 여기는 왜곡된 인식의 바탕을 확인하면서부터 완전한 부정으로 바뀌었다.

초등학교 1학년 때, 옆자리 여자애가 뒷자리 여자애랑 다투다가 뒷자리 여자애가 밀쳐서 책상에 부딪쳐 울었는데 여자 담임선생님이 민규가 여자애를 괴롭혔다면서 얼마나 혼냈는지, 그때의 너무나도 억울했던 기억이 잠재된 트라우마로 남아 있다가여자 소개 얘기가 나오면 되살아나고 있었고, 그 소개팅 뒤로는회사에 적응하는 게 우선이라는 생각 때문이기도 했지만 여자를 만나는 일에 대해 기대나 설렘보다는 또 그런 이상한 소리를듣게 될까 봐 어머니나 친구들의 소개 자체를 거부하는 일이 많아지고 있었다.

그러던 어느 날, 야근 후 밤늦게 탄 지하철 옆자리에 앉아 졸고 있던 여자가 사당역에서 문이 닫히기 직전 황급히 내리면서떨어뜨린 빨간색 지갑을 주웠다가 며칠 후 만나서 돌려준 일이생겼고, 고맙다고 차 한잔 사겠다는 말에 당연하다는 듯이 따라가서 몇 마디 얘기하다가 '아, 이 여자는 남자에 대한 생각이 부정적이진 않다'는 생각이 들면서 자연스럽게 다음 만남을 약속할 수 있게 되었고 그렇게 조금씩 쌓인 정이 사랑이 되고 결혼까지 하게 된 것이다.

　은정은 문과대 출신으로 취업이 쉽지 않아 졸업 후 거의 1년이 지나서야 어느 유통회사에 취직이 되었고 천성적인 활달한 성격과 리더십으로 회사 내외의 행사나 모임에 초대되는 일이 잦아지게 되었다. 아버지는 술 때문에 어머니와의 잦은 싸움 끝에 시골 고향집으로 내려가 혼자 살고 계시고 어머니는 어느 식당에서 주방 일을 하고 계셨다.
　그날도 은정은 회사에 회식이 있었고 회식이 끝나고 노래방에 끌려갔다가 집에 가는 길이었는데 회식자리에서 술 한잔한 것이 지하철에서 사정없이 졸게 만들더니 결국 내릴 때 지갑을 떨어뜨리게 되었고 그것이 민규를 만나게 만들고 결혼까지 이르게 했다.

　은정의 성격이 시어머니와 비슷한 데가 많아서 처음 인사드릴 때부터 말이 잘 통한다 싶더니 결혼 승낙이 쉽게 이루어졌고 결혼식 직전까지 막힘없이 진행되었지만 막상 은정 아버지가 결혼식장에 나타나지 않는 일이 생긴 이후 시어머니가 은정에게 감정의 골을 조금씩 보이기 시작하더니 결혼 후 첫 명절인 이번 설에 음식 장만을 새댁에게 맡겨보겠다고 했고, 은정의 우왕좌왕하는 모습에 결국 시어머니가 다 하게 되어 이래저래 은정의 마음에도 시어머니에 대한 감정의 골이 생기게 되었다.

그런 은정의 마음을 알아줄 사람은 민규밖에 없기에 은정은 어젯밤 민규에게 시어머니에 대한 서운한 속마음을 얘기했는데 그냥 들어주고 달래줄 것으로 생각했던 은정의 마음과는 달리 그런 엄마를 이해하라고 하는 민규의 말을 시작으로 대화가 어긋나면서 급기야는 민정의 입에서 "그래, 없는 집 딸을 데려와서 속으로는 싫었는데 억지로 한 결혼이면 지금이라도 헤어지자."는 말까지 나오고 말았고 민규는 그런 은정을 달래느라 진땀을 흘려야 했다. 그 과정에서 바닷가라도 갔다 오자는 말이 나오면서 새벽에야 겨우 인터넷으로 이곳 방을 예약하고 올 수 있었다.

다리 한쪽을 비스듬히 얹은 채 앉아 있는 창밖으로 갈매기 몇 마리가 왔다 갔다 하더니 금세 사라진다. 밤새 은정의 마음을 달래서 오긴 했지만 민규의 마음은 내내 편하지 않았고 우리와 부모님과의 관계가 앞으로 어떻게 전개될지에 대한 의문부호가 점점 커지면서 깊은 한숨을 내쉬게 만든다.

"뭘 그렇게 보고 있어? 나 씻었으니까 자기 들어가 씻어~."
은정의 밝은 목소리에 얼른 일어나 화장실로 들어간다.

민규가 화장실 들어간 후 은정이 머리를 수건으로 감싼 채 조금 전까지 민규가 앉았던 의자에 민규가 앉았던 자세 비슷하게 앉는다.

사실 은정도 민규가 새벽까지 달래주려고 애쓰는 모습이 안쓰럽기도 했지만 어쨌든 원인은 자신에게 있다는 것을 인정할 수밖에 없어서 아침에 시어머니에게 밝은 표정으로 인사하고 식사 차려 같이 먹었지만 불편한 마음은 가시질 않고 있었다.
그러고 보니 혼수 가져올 때 그리고 이바지 음식 가져왔을 때의 어머니 표정이 그리 밝아 보이지 않았던 것이 다시금 생각난다.
'과연 내 느낌대로 혼수가 부족해서 그랬던 것일까? 이바지 음식도 화려하지 않아서 그랬었나? 아~ 모르겠다. 일단 지금은 여길 왔으니까 여기 시간을 즐기기만 하자.'

창밖을 바라본다.

기러기일까? 멀어서 잘 안 보이는 철새 떼가 노을 드리우기 시작하는 하늘에 비스듬한 'ㄱ'자로 날아가고 갈매기 몇 마리는 파도에 쫓겨 날았다 다시 내려앉는다.

결혼···. 이제 내 삶은 어떻게 펼쳐질까? 샤워하는 민규와 창밖을 바라보는 은정의 머릿속에 다시금 똑같은 의문부호가 떠오른다.

세 줄기의 독백

가족
30대 후반

"핸드폰 만화 그만 봐~." 소리치는 아내한테 아들놈은 "그럼 테레비 만화는 돼?" 하고 묻는다. 나도 어릴 때 엄마한테 매일 듣던 소리가 "만화 그만 봐~."였는데 그 소릴 저 사람이 똑같이 하고 있다는 게 신기하다는 생각이 든다. 내가 엄마한테 혼나던 그때도 로봇 만화였는데 저놈도 엄마한테 혼나면서 보고 있는 게 로봇 만화이고~.

괜히 안쓰러운 마음이 들어서 "혼내지 말고 우선 바닷가에 데리고 나갔다 와~." 하고는 아들에게 옷을 입혀 내보내고 발코니로 나가 앉아 바닷가로 나가는 둘의 뒷모습을 바라본다.

문득 아들이 내 나이가 되면 어떤 세상을 살고 있을까 궁금해진다.

아마도 외출복에는 기후 데이터를 수신하여, 입으려고 꺼낼 때 당일 착용에 적합한지를 알려주는 센서가 있고, 속옷 특히 팬티에는 생체 건강 상태를 인식하는 센서가 부착되어 있어서 건강 기준치를 벗어나는 경우 손목시계형 모니터에 알람을 보내주며 그 알람이 이미 설정된 보호자나 배우자에게 동시에 전달되도록 되어 있어서 지금 저렇게 엄마와 아들이 시야에서 멀어져도 그들의 안전과 건강을 걱정하지 않아도 되겠지.

바닷가에는 순찰과 청소를 담당하는 로봇이 있고 백사장에는 지문 인식으로 결제를 해야 물이 나오는 수도가 100미터마다 설치되어 있을 거야. 물 부족이 심해져서 물값이 에너지 비용을 넘어 선지 꽤 되었을 것 같고, 아프리카와 중동의 몇 개국 그리고 미국 중부, 중국 서북부 같은 데는 사막지대가 훨씬 더 넓어져 있겠지. 불과 30년 후이지만 참 많이 달라져 있을 것 같아.

아마도 그때쯤엔 미국과 중국이 동맹을 맺고 그에 따라 의지할 곳이 없어진 북한은 남한으로 흡수 통일되고, 일본은 도쿄 북동부에서 홋카이도에 이르는 역사상 가장 큰 지진과 쓰나미 그리고 후지산 폭발로 나라 반쪽이 초토화된 상태에서 한국으로 대거 탈출, 이민 오게 된 일본인들이 한국의 농어촌에서 막일거

리를 찾아다니고 있을지도 모르지. 아내는 일본인 어부가 잡아
온 생선을 사 올지도 몰라.

이런 펜션에 오더라도 먹을 걸 가져올 필요가 없겠지. 집에서
요리 하는 건 옛날얘기이고 펜션 방에 설치된 모니터에서 음식
이나 먹을 걸 지문으로 결제하고 주문하면 가까운 음식창고에
서 배달용 드론이나 지하 파이프 레일로 방에서 제일 가까운 곳,
즉 발코니나 펜션 앞까지 배달해 주는 시스템도 있을 것 같고.
음식도 조개껍데기 스프, 바퀴벌레 튀김, 굼벵이 조림 같은 것들
이 인기 식품이 되어 항상 재고를 확인하고 주문해야 할지도 모
르겠다.

나는 AI 프로그램을 개발하는 회사에 근무하지만 그때쯤이면
사무실에 갈 일은 거의 없고 대부분의 일은 집에서 하고 있겠지.
신발에는 내비게이션 센서가 있어서 손목시계형 장치와 연결되
어 있고 차의 모니터는 신발에서 수신하는 위치정보로 주행경
로를 안내할 것 같군.

핸드폰 전화 소리가 황당한 상상의 날개를 갑작스레 꺾는다.

세 줄기의 독백

애가 파도 끝을 따라 뛰어들어 갔다 나왔다 하는 짓을 두 번째 하다가 넘어졌는데 손바닥이 살짝 까졌다고 일회용 밴드 찾아서 갖고 나오라는 아내의 전화다. 그냥 들어와서 가방에 있는 구급약 상자에서 소독약 발라주고 밴드 하나 붙여주면 될 일을 왜 굳이 추운데 나보고 가지고 나오라고 하는지~.

아내는 내가 있으면 뭐든 내게 시켜야 직성이 풀리는 성격이다. 결혼 전 연애 기간에는 내게 시킬 일이 없기도 했지만, 있었다 해도 참한 여인상을 보여주고 싶었는지 식당에서 밥 먹을 때는 수저도 먼저 챙겨주고 물도 먼저 따라 놓고 했는데, 기억은 안 나지만 결혼 후 얼마 안 된 때부터 "식사 때 수저 놓고 물 갖다 놓는 일 정도는 남자가 해 줘야 되는 거 아니냐."고 하더니 그걸 시작으로 온갖 집안 소소한 일, 내 생각으로는 여자로서 해야 할 일뿐 아니라 여자라도 충분히 할 수 있는 모든 일 들을 단지 내가 곁에 있다는 이유만으로 내가 도와주거나 해야 한다는 식이었다.

한 달이 넘어가면 달력 넘기는 일, 빨래통의 빨래를 세탁기에 넣어주는 일, 시키는 대로 세제를 넣고 세탁기 돌리는 일, 밥하기 전 쌀 씻어 놓는 일, 보고 싶은 채널로 리모컨 버튼 눌러주는 일 등, 거기에 애 놀아주거나 한글 공부 숫자 공부 봐주는 일은 기본이 되었고….

하여튼 같이 있는 시간에는 언제 무엇을 해달라고 할지, 무엇을 시킬지, 이제는 노이로제가 된 느낌인데, 밴드 갖고 나가는 기분이 영 안 좋아서 나가는 길에 눈에 띈 죄 없는 자갈 하나 신경질적으로 차버린다.

나가보니 다쳤다는 아들놈은 그대로 신나게 파도 쫓아 이리 뛰고 저리 뛰고 있고 아내는 백사장 뒤쪽 바위 돌에 앉아 핸드폰에 머리를 박고 있어서 순간 짜증이 나고 화가 나서 소리를 질러 "다쳤다는 놈이 잘만 놀고 있잖아~." 했더니 '밴드 가져왔으면 얼른 붙여주지 아니 왜 화를 내느냐'면서 같이 화를 낸다. 일단 애를 불러 피도 안 나고 살짝 긁힌 정도인 손바닥에 밴드 붙여주고는 애가 있어서 더 싸우지는 못하고 "이따 제대로 싸워야지." 하고 다시 방으로 들어온다.

다시 발코니에 앉아 앞으로 35년쯤 후의 세상을 상상해 본다.

지금까지는 영원한 숙제일 것 같은 기후, 에너지, 공해, 빈부격차, 암, 치매, 노화 이런 것들이 과연 인간의 능력으로 궁극적

세 줄기의 독백

해결책을 찾을 수 있을까? 찾는다면 결국 인간은 건강하게 오래 살 수는 있게 되겠지만….

하지만, 수명 연장으로 인해 다시 인구 증가 문제가 생길 것 같고 욕심으로 채워진 인간의 본성은 달라질 수 없기에 온갖 형태의 다툼이나 갈등이 만연하면서 결국 인간들은 '관계'라는 사회 구성의 기본적인 틀을 무너뜨리고 말 것 같다. 관계가 무너진 사회에서 각자 그야말로 각개전투하는 모습의 인간세상이라면 과연 자연적으로 주어진 삶의 길이를 연장하려고 그렇게 머리를 쥐어짜야 할 필요가 있을까?

내가 무슨 상상을 어떻게 하고 있는 거지?
가끔씩 이렇게 뜬금없는 공상에 빠져있다 나오는 순간의 나 자신을 발견할 때는 허탈한 웃음을 한 번씩 웃게 된다. 그러면 시간이 아까웠다는 생각이 들다가도 그 공상의 시간이 잠깐은 즐거웠고 몰입의 경지에서 행복하기도 했다는 느낌을 지울 수 없다.

다시 Back to the present.
오늘 아내와 싸움을 어떻게 해야 할까?

도대체 이젠 버릇이 되어 버린 저 행동 패턴을 어떻게 고쳐야
할까?

고쳐서 늙어 죽을 때까지 같이 살아야 할까?

분명한 것은 평생을 이대로 살 수는 없다는 것.

유치원 2년, 초등학교 6년, 중 고교 6년, 대학 4년, 군대 2년
반, 대학원 3년, 사회생활 10년. 내 생애 38년 동안 아내와 어떻
게 싸워야 하는지를 배운 적은 없었다.

부모와
아들 부부

수년 동안 명절에 전화만 했지 찾아오지 않던 아들 내외가 이번에는 큰맘 먹고 찾아온 것 같아 정말 기분이 좋았는데 바닷가로 바람 쏘이러 갔다 오자는 말을 듣고는 놀랍기도 하고 웬일인가 싶기도 해서 아들 내외 얼굴을 다시한 번 자세히 봤지만 표정에 변화가 없는 아들은 "몇 해 찾아뵙지 못해서 죄송하고 그래서 어디 바닷가라도 한번 모시고 가볼까 한다."고 했다.

하지만 여기 오는 내내, 원래 아들이 말이 별로 없긴 하지만, 말도 없고 평소 활달하던 며느리도 애들 하고만 얘기할 뿐 차 안의 분위기가 바람 쏘이러 가는 들뜬 분위기와는 거리가 멀었기에 내심 이런 분위기면 왜 가자고 했나 싶었다.

방에 들어오니 방이 두 개에 거실도 널찍해서 여섯 명 가족 잠자리는 괜찮겠다 싶었고 저 사람과 며느리는 가방 풀어서 먹을 것부터 꺼내 정리하고 아들은 애들 데리고 바닷가로 나간다.

　난 IMF외환위기 때 직장을 잃고는 그 후로는 이렇다 할 일자리를 구하지 못해 동네에서 구멍가게 몇 년, 문방구 몇 년 하면서 힘들게 지내다가 작은 아파트 하나 있는 걸 팔아서 전세로 내려앉으면서 그 차액으로 겨우 아들 결혼을 시킬 수 있었다. 그래서 아들도 결혼 생활을 골목 안쪽 주차 공간이 없는 조그만 연립주택에서 시작할 수밖에 없었는데 그나마도 비가 오면 천장에서 새기도 하고 보일러도 온수가 미지근하게 나와서 못된 주인 여자와 싸우면서 힘들게 지내고 있었다.
　그러다가 손자가 태어나고 며느리 돌봐준다고 저 사람이 그 좁은 집에서 두 달 기거했는데 서로 불편하게 지내던 중, 아기 기저귀를 아들 벌이에 비해서 너무 좋은 걸 쓰는 게 아니냐는 저 사람의 말 한마디로 며느리와의 사이가 벌어지게 되었고 며칠 후 아들 집에서 돌아왔는데 그 후로 서로 왕래가 뜸해지더니 3년 후 손녀가 태어나고 저 사람이 한 달 가 있다 온 후로는 거의 발길이 끊어지는 상황이 되었고 최근 몇 년 동안은 명절에도 오지 않고 전화만 하는 상황이 이어지고 있었다.

　그래서 이번 설에 와서 세배하고 같이 떡국 먹고 하는 것이

새삼스럽기도 하고 약간은 어색한 분위기이기도 했는데 바람
쏘이러 가자고 하니까 어쨌든 기분은 좋았는데 막상 아들 내외
의 기분은 그렇지 않은 것 같아 오긴 왔어도 께름칙한 구석이
있는 게 사실이다.

　"아빠, 왜 펜션 이름이 '별을 품은 달'이야?" 바람에 어느새
차가워진 손을 잡으며 아들이 묻는다. "글쎄, 왜 그런 이름을 지
었는지 모르겠다.

　그냥 멋있어서 그랬나?" 난 생각 나는 게 없어서 무심코 그렇
게 말했더니 "언제 책에서 봤는데 달이 밝으면 별이 안 보인대.
달밤에 집을 지어서 그렇게 지었나?" 하고 책벌레다운 말을 한
다. 다시 한번 아들을 쳐다본다.

　속으로 '자식, 기특하기도 하네. 언제 이렇게 컸지? 아~ 애들
키울 일이 꿈만 같다.' 생각하면서 앞서가다가 춥다고 돌아서는
딸을 들어 올려 안아준다.

　난 공고 전기과를 나와서 군대 시절을 빼고는 줄곧 모터 생산
공장에서 일하고 있는데 결혼 전 모은 돈은 결혼식에 다 들어가
서 정작 전셋집은 부모님께 손을 벌려야 했고 그 후에도 월급은
생활비로 다 쓰다 보니 목돈을 마련할 여지가 거의 없었다.

　　　　　　　　　　　　　　　　　　　　세 줄기의 독백

하지만 아내는 지금 살고 있는 집에서 도저히 더는 살 수 없다면서 애들 조금 더 크면 방도 따로 줘야 하는데 어떻게 할 거냐면서 시도 때도 없이 볶아 대는 통에 신통한 답변을 할 수 없는 나는 요즘은 퇴근하면서 집에 들어오기가 겁이 날 정도였다.

오늘 부모님 모시고 여기 온 것도 이런 사실을 고백하고 근처 아파트로 전세 옮기는 데 부족한 돈을 혹시 부모님이 융통해 줄 방법이 있으신지, 아니 더 솔직히는 부모님은 두 분만 계시니까 지금 방 세 개짜리에서 방 두 개짜리로 내려앉으시고 그 차액을 지원해 주실 수 있는지를 말해보려는 것인데, 그 말을 어떻게 꺼내야 할지, 어떻게 '오랜만에 찾아뵌 게 죄송해서 모시고 왔다.'는 핑계에 그나마 좋아하시던 모습을 무시하면서 말을 꺼낼 수 있을지 참으로 난감한 심정이다.

은행 대출은 받자면 받을 수 있는 상황이긴 한데, 내 월급으로는 애들 둘 키우면서 대출이자까지 감당할 수 없다면서 극구 반대하는 아내 때문에 서류 준비해서 은행 갔다가 되돌아오는 일이 있은 후, 말도 꺼내지 않고 있다가 사흘 전 다시 한번 은행 대출을 말하면서 한바탕 크게 말다툼하고는, 아내가 얼마나 생각해 두었던 건지는 몰라도 '그러지 말고 부모님께 부탁드려 보자.'는 얘기를 했고 난 정말 오래 못 찾아뵌 게 죄송한 마음이 크게 작용하기도 해서 일단 설에 찾아뵙자 했다가 여기까지 오게 되었던 것인데 막상 말을 어떻게 꺼내야 할지 정말 죽기보다 싫을 정도이다.

문득 안고 있는 딸이 제법 무겁고 팔이 아프다는 느낌이라 "아빠 팔 아프니까 내려올래?" 그랬더니 "응~." 하면서 내려 걷는다. '내 딸 착하지~.' 하면서 떠오르는 생각. '이놈도 시집가면 지 남편 이렇게 힘들게 할까?'

'아들 며느리가 웬일로 설에 세배를 다 오고?'
손자 손녀 태어났을 때 매일 미역국 끓여주면서 두 달이나 산후조리 해주고 살림해 줬는데 딱 한 마디 '기저귀로도 돈 아낄 수 있어야 한다.'는 말 한마디에 삐져서 몇 년을 코빼기도 안 보이고 전화도 없더니 무슨 심경의 변화가 있길래 이번 설에 온 거지?

며느리가 기저귀부터 옷, 장난감을 죄다 유행하는 거나 고급으로 인터넷으로 주문해 쓰고 있는 것을 보고 아들이 월급으로 감당할 수 있을지 항상 걱정이었지만 손녀 태어나서 잠깐 가 있

세 줄기의 독백

을 때 요상하게 생긴 그물 같은 망사 브라와 끈팬티를 보고는 그래도 둘 사이는 괜찮은 것으로 인식하고 있었는데, 이번에 여기 내려오면서 차 안에서의 대화나 분위기로 봐서는 뭔가 둘 사이에 문제가 있는 게 아닌가, 혹시 헤어지려는 건가, 아니면 무슨 병이라도 걸렸나, 아니면 애들에게 무슨 일이 있는 건가, 별의별 생각이 다 들었지.

저녁에 먹을 고기 손질하면서도 옆에서 야채 다듬고 씻고 있는 며느리 표정을 흘낏흘낏 곁눈질로 쳐다보는데 별로 변화는 없어 보여서 궁금증이 더해만 간다.

'정말 네 남편이자 내 아들. 걔를 어떻게 키웠는데…. 명절에 엄마 아버지 보러 오는 것도 그렇게 힘들게 하고. 너 내 아들 힘들게 하면 안 된다. 그러면 네 자식한테 그대로 돌려받는다.' 하는 말이 목울대 아래에서 계속 맴돌고 있다.

아니 돈 없다고 그렇게 얘기했는데 부모님 댁에서 설 차례 지내고 상 물렸을 때 얘기하면 될 것을 왜 여기까지 오자고 했는지 이해가 안 된다. 여기 올 돈이면 내 초등학교 동창회비 밀린 거 낼 수도 있고, 우리 딸 요즘 핫하다는 옷 하나 사줄 수도 있는데, 전세 내려앉으시고 그 차액 좀 지원해 달라는 부탁이 뭐가 어렵다고 여기까지 왔는지 알 수가 없다.

　여기 내려오는 내내 초점 없이 겉도는 얘기만 하게 되고 애들 말대꾸나 해주면서 어색하게 내려오면서 시간과 돈이 너무 아까운 이런 여행을 왜 하는지 자꾸 저 사람이 미웠고, 지금 옆에서 같이 식사 준비하시는 어머니 눈치 보는 것도 너무 싫다. 자꾸 곁눈질로 내 눈치를 보시는 게 가시방석 같은 느낌이다. 차라리 애들 데리고 내가 나갔다 올 걸 그랬나….

　시어머니와 얘기가 없게 된 것은 비싼 기저귀 쓴다고 질책받은 일을 남편에게 얘기한 게 발단이긴 했지만 사실은 그 며칠 전에 우연히 내 생리대를 보시면서 "좋은 거 쓰는구나." 하시던 말이 너무도 어이없고 서운한 가시가 되어 있었다가 기저귀 얘기를 빌미로 터져 나온 것이었다.

　하여튼 시부모와 대면이나 대화가 멀어지긴 했지만 그렇다고 일부러 없는 애교 부리면서 다시 가까워지고 싶은 마음은 없는 게 사실인데 여기 와서 어떤 상황 변화가 일어날지 벌써부터 괜히 그런 변화가 싫어진다.

"아 추워. 아빠 들어가자~.

파도 보는 거 난 싫은데 왜 나왔어?

들어가서 태블릿으로 게임이나 하고 싶은데…."

그래, 들어가야지. 죽이 되든 밥이 되든 들어가야지….

105호

60대
남자

명절 연휴니까 설마 경찰이 찾아오진 않았겠지?

더러운 놈들. 내가 한번 해보겠다는데, 아니 정말 이 좁은 바닥에 지금은 나밖에 할 사람이 없는데 뭘 그렇게 별거 아닌 걸 가지고 고발이니 뭐니 떠들고 그러는지….

야, 점심을 대충 몇 숟갈 먹지 않았는데도 체했는지 가슴이 답답하고 트림도 나오질 않는 것 같다.

초등학교, 중학교 동창들은 회장한테 찔러준 것도 있고 또 개별 전화나 문자 회신을 거의 받은 셈이니 문제가 없고 가까운데 사는 친인척은 종친회를 통해 인사를 했으니까 그쪽에서 알아서 할 것 같은데 정작 이웃인 아들 친구 아버지란 놈이 나하고 무슨 원수 졌다고 그렇게 내 뒤를 캐고 다니는지 징글징글할 정도다. 게다가 경찰에 고발까지 해?

아니 내가 처음부터 읍장 해먹을 생각이 있었던 건 아니잖아.

이번에 처음 읍장을 선거로 뽑는다고 덕망 있는 사람은 출마하라는 공고가 났고 난 현재 집권당에 나름 충성하고 있는 데다 이것저것 읍내에서 한 게 있어서 사람들이 인정하는 게 있으니까 날 추천했던 거잖아.

태어나서 지금까지 고향을 떠난 적이 없고 고등학교, 대학교만 타지에서 다니고는 다시 고향으로 와서 정말 청춘 다 바쳐서 향토 발전에 한몫 단단히 했다는 걸 동네 사람 모르는 사람이 없고 읍내 구석구석 내 눈길, 발길 닿지 않은 곳이 없는데, 그 정도면 이번 읍장 선거에서 충분히 승산이 있다고 봉사 다닌 노인정, 복지관에서 얘기하고 동창들도 다 인정하길래 일단 작년 땅 팔아놓은 자금도 있겠다 한번 도전하기로 마음먹고 과감히 나섰던 거야.

그런데 정작 어디서부터 선거운동을 어떻게 해야 할지 막막하고 답답해서 네가 예전에 국회의원 선거 때마다 불려 다니던 게 기억나서 널 믿고 선거운동을 시작했는데 이게 뭐냐?

아휴~ 돈은 돈 대로 푹푹 들어가고 있는데 아니 노인정에 밥 한 끼 대접했다고 그 자식이 고발을 해?

야, 그놈도 거기서 같이 밥 먹었잖아? 그런데 고발했다는 게

세 줄기의 독백

말이 되냐?

아니 명절 연휴에 경찰에 붙잡힐까 봐 이렇게 도망 나와야 한다는 게 이게 말이 되냐고~.

형, 그러니까 내가 뭐라고 했어요. 돈을 요령껏 쓰라고 했잖아요. 요령껏이란 말을 형이 제대로 해석해서 듣질 않아서 생긴 일인데 왜 나를 여기까지 끌고 왔는지 참, 정말 한심합니다.

아니 그 요령껏이란 말 네가 제대로 해석해서 다시 말해봐. 어떤 게 네가 얘기하는 요령인지.

형, 그건요~ 우선 선거법 다시 한번 잘 들여다보시고 어떻게 하면 거기서 하지 말라는 것을 하면서 남의 눈에 걸리지 않을 수 있는지 그 방법을 찾아내는 것, 그게 내가 말한 요령껏의 진짜 핵심이지요.

아니 그런 말이 어디 있냐? 결국 걸리지 않게 법을 잘 어기는 게 요령이라면 나 보고 불법으로 당선되라는 얘기인데 난 그렇게 불법으로 당선되고 싶진 않다.

그럼 포기하시려구요? 지금까지 들어간 자금 아깝지도 않나요? 뭐 저야 손해 날 게 없으니까 계속 진행하시든 포기하시든 그건 상관없지만 제 돈 아니라 하더라도 아깝긴 하네요.

에휴~ 네 요령껏 대로 한다면 지난번 노인정 밥 사줄 때 어떻게 했어야 했는지 말해봐~.

참, 그 정도도 생각 못 하시면 어떻게 합니까? 식사 대접 전날쯤 나를 불러서 일단 식대를 제게 주시고 알아서 처리하라고 하셨으면 제가 바로 거기 노인회장님 만나서 식대 현금으로 전달하면서 입 막고는 형은 그냥 식당에 인사차 들른 걸로 하면 깨끗하게 정리될 수 있었지요.

아휴~ 그걸 이제 얘기하고 있냐? 그쪽 식사 대접할 거라는 건 너도 미리 알고 있었잖아?

알고는 있었지만 저는 전날과 그날은 홍보 인쇄물 일로 밖으로 돌아다니기만 해서 형을 만나지 못했잖아요. 잘 아시면서….

아휴 답답하다. 바람이나 쏘이러 나가야겠다.

짐짓 양복 차림에 구두를 신고 백사장으로 나가는 게 참 어울리지 않는다는 생각이 들었지만 그게 문제가 아니니까 천천히 터벅터벅 바닷가 쪽으로 걷는다.

발에 힘이 빠져서 금방 넘어질 것 같은 느낌이 들기도 한다.

벌써 들어간 돈이 오천만 원을 넘는데 얼마나 더, 그것도 요령껏 쓰게 될지 알 수 없고 저 녀석도 언제 나를 떠날지 알 수 없다는 생각이 든다.

읍장 한번 하려다 사기꾼을 만난 건가? 그렇다면 읍장 되기 전에 사기꾼부터 떨쳐야 되는 것 아닌가? 그런데 이상한 건 요령껏이라는 말이 께름칙하면서도 저 친구의 조언을 그대로 따라야 읍장이 될 가능성이 높아진다는 생각에서 벗어나질 못한다.

그런데 만일 밥 사준 게 계속 문제가 된다면? 내가 죄인이 된다? 그건 아닌데. 그렇다면 선거를 포기하고 그냥 평범한 사람으로 남을까? 사흘 전까지도 승산이 충분하다는 생각이었는데 그저께 고발되었다는 얘기 듣고는 맥이 탁 풀리면서 순식간에 자신감이 사라지고 처음부터 돈 아까운 짓이라는 마누라 말을 따르지 않은 게 후회되기도 한다.

어떻게 해야지?

구두 뒤꿈치로 모래가 들어가서 걷기가 불편해진다.
벗어서 구두를 털고 다시 신는다.

언제 나왔는지 등 뒤에서 들리는 소리.

형, 저녁식사는 어떻게 할래요?

뭐, 아무거나 먹지.

어제저녁은 명절인데도 제대로 먹은 게 없으니 오늘은 제대
로 먹어 봅시다.
어디 횟집 문 열었으면 회에다 소주 한잔하구요.

겉으로는 "알았다~."
속으로는 '회 같은 소리 하네. 제 돈 쓰는 게 아니라고 비싼
거 찾고 있네….'

멸치 떼가 가까이 왔는지 가까운 파도 위쪽으로 갈매기가 떼

로 몰려 내려찍는다.

　그렇지~. 그것도 무료식사니까 그저 너희들은 마음껏 먹기만 하면 되겠지. 누가 너희들한테 한 표 부탁하는 일은 없을테니까….

201호

20대
커플

방에 들어오자마자 한바탕 진하게 붙어서 뒹굴었더니 몸이 나른해지고 졸음이 온다면서 이제 겨우 3시 넘었는데 진혁이 누워버리자 수진은 잠시 허탈하게 바라보다가 화장실로 들어간다.

　둘은 이제 갓 대학 졸업했지만 진혁은 취업 포기하고 대학원 진학한다고 준비 중이고 수진은 어떻게든 취업하려고 여기저기 이력서 수도 없이 내는 중인데 기가 막히게도 면접 보러 오라는 데가 아직 한 군데도 없다. 미래에 대한 것은 둘 다 자신의 계획이나 비전 없이 그저 남들 그 나이에 하는 보편적 경향을 그대로 따라가는 것뿐이고, 그게 서로 맞아서 쉽게 사귀어 보자고는 했지만 동시에 말은 못 하면서도 서로가 비전이 뚜렷하지 않다는 게 마음에 안 드는 점이기도 하다.

하여튼 둘이 서로를 알아보자는 데 합의하고 사귀어 보기로 한 게 8개월째, 사귀어 보자는 날 키스를 하더니 일주일 만에 몸을 합쳐보는 일까지 진전이 이뤄지고는 그 후 한 달에 두세 번 정도 몸이 뜨거운 순간을 갖는 상황이 이어지고 있는데 이번 설에는 수진이 먼저 설에 집에 있으면 부모님 잔소리 듣게 되는 게 싫다고 어디 가자고 했고, 진혁이 그래도 자기는 제사는 지내야 하는 입장이라고 해서 여기 펜션을 수진이가 찾아내서 예약하게 된 것이다.

화장실에 들어온 수진이 소변을 보면서 문득 얼마 전 임신 테스트 키트를 사서 핸드백에 갖고 있는 게 생각났지만 나중에 해봐도 되겠지 하면서 일어나는데, 소변본 걸 내려다보니 아까 몸 합쳤을 때 민혁이 수진이 속에 쏟아 낸 진한 우윳빛 액체가 함께 떠 있었다. 저도 모르게 혼잣말로 "에휴 불쌍한 것들…." 하면서 조금 전의 황홀했던 순간을 잠깐 떠올리고는 샤워를 한다. 아까 진혁이 얼마나 뜨겁게 오래 해줬는지 수진이가 세 번이나 까무러칠 정도였기에 온몸에 열기가 아직도 남아 있는 것 같고 아래는 따갑고 후끈거리는 느낌마저 남아 있어서 밖은 추운데도 뜨거운 물보다는 미지근한 물을 한참 그대로 맞고 있다가 비누칠을 한다.

샤워 끝내고 머리 말리면서 점점 현실의 감각이 좀 전까지의 황홀감을 덮어버린다. 혹시 임신이라도 되면 어떻게 해야 하지? 다른 건 별로 무섭게 생각되지 않는데 임신만은 여러 가지로 힘든 일을 만들게 될 것 같아 무섭게 느껴진다. 그동안 잘 피해 왔는데 콘돔 쓰는 걸 진혁이 너무 싫어하고 수진이도 맨살로 하는 게 너무 좋아서 이제는 콘돔 쓰자는 말을 안 하고 있지만 하고 나면 항상 임신에 대한 두려움이 엄습한다.

둘이 서로 사귀는 것을 양쪽 부모님이 전혀 모르고 있고 가까운 친구조차도 사귀는 사실을 아는 사람이 없으니 더 문제가 될 것 같다.

'에고~ 모르겠다. 어떻게 되겠지.'

머리 말린 수진이 팬티 차림에 가운만 걸친 채 진혁 옆에 쓰러지듯 눕는다.

잠깐 잠들었던 진혁이 갑작스러운 침대의 출렁임에 눈을 떴다가 수진을 끌어안고 다시 눈을 감는다.

하지만 잠은 안 와서 수진이 머리의 향긋한 샴푸 냄새에 취하면서 가운 속으로 수진을 천천히 더듬는다. 가슴에서 엉덩이로, 아래로 배로 다시 가슴으로.

수진이와 몸으로는 이런 상태까지 왔는데도 수진이를 자기 여자로 생각하고 결혼 상대로 봐야 하는지는 아직도 자신이 없다.

수진이는 수진이 친구들보다는 덜 하지만 그래도 얌전하게 살아온 것 같지는 않다. 고등학교 때부터 친구들 서너 명과 몇 박 며칠 캠핑 다녀오기도 하고 대학 때도 남녀 친구들과 어울려 MT 핑계로 외박을 하기도 했고 하여튼 어울리는 걸 너무 좋아해서 나돌아다니길 잘했다고 들었고, 그나마 성격이 두루뭉술한 게 모난 구석이 많지 않아 보이고 진혁이 얘기에 잘 따라주는 편이라서 수진이에 대한 판단을 더 흐리게 하고 있다.

거기다가 맨살로 몸을 섞는데도 별로 임신에 대한 걱정이 없는 기색인 걸 보면 수진이 몸에 무슨 이상이 있는 게 아닌가 하는 의심이 들기도 한다.

나이로 보면 진혁은 7~8년은 지나야 결혼을 생각할 수 있겠지만 수진이는 어떨까? 수진이는 나이와 상관없이 임신되면 결혼해야 된다는 생각을 가질 수 있지 않을까? 수진이와 자고 나면 항상 들게 되는 의문이고 두려움이었지만 오늘따라 머리를 짓누르는 무게가 한참 무겁게 느껴진다.

진혁의 머릿속이 점점 복잡해진다.

진혁은 지금은 결혼할 준비가 되어 있는 게 아무것도 없다. 몸이 건강하다는 것 하나 빼고는 정말 아무것도 없다.

우선 나이도 보통 남자들 결혼하는 나이에는 아직 멀었다는 생각이고, 아버지는 하시는 사업이 별로 이익이 남지 않는 건설자재 납품인데 그나마 건강이 좋지 않으셔서 결혼한다고 특별히 경제적인 뒷받침을 해주실 수 있는 상황이 아닌 것을 잘 알고 있다.

그래서 사실 졸업하면서 바로 취직하고 싶었는데 취업상황이 너무 어렵고 힘들어서 택한 대학원 진학을 그대로 해야 하는지 아니면 지금이라도 포기하고 다시 취업으로 방향을 바꿔야 하는지 갈피를 못 잡고 있고 특히 금년 들어와 수진이와 잠자리를 하고 나면 더 심하게 머리를 아프게 하고 있다.

'결혼에 사랑만 있으면 다른 건 문제가 되지 않는다.'고 흔하게 떠드는 말이 일반적 실제 사회현상에 얼마나 적용되고 있을까? 제일 문제가 되는 건 돈이라는 것에 대한 진혁의 확실한 동의가 결혼을 생각할 때는 더욱더 확신으로 다가온다.

더듬는 손길에 몸이 다시 더워지는지 수진의 숨소리에 작은

신음이 묻어난다. 진혁이 딴 생각하다가 짐짓 놀라듯이 손을 빼
니까 수진이 진혁의 손을 잡아 제 허리를 두른다.

"오빠, 왜 손 빼?"

수진의 질문에 말없이 끌어안으면서도 속으로는 '네가 내 속
을 알기나 하냐?' 하는 진혁의 속 말이 작은 한숨 속에 힘없이
가라앉는다.

'내가 임신 되면 오빠는 어떤 반응을 보일까? 결혼하자고 할
까? 아니면 지우자고 할까? 아니면… 아니면….'
진혁의 손길에 다시 조금씩 흥분이 되려는데 그 손길이 나가
니까 딴생각하고 있다는 느낌이 들었고 딴생각이 뭘 까 하는 의
문을 스스로 떠올려본다.

"오빠, 잠 안 오면 나갔다 올까?"
"추운데 어딜 가냐?"
"그래두 여기 바닷가 왔는데 그냥 누워만 있어?"
"나가 봐야 바다고 파도, 그리고 모래밭인데.
그래도 네가 나가고 싶다면 나가야겠지?"

웃으면서 대꾸하는 진혁의 얼굴은 좀전의 복잡한 머릿속과는
상반된 표정이다.

옷을 주워 입고 수진의 팔짱으로 발걸음을 맞추며 천천히 백
사장 쪽으로 나간다.

"수진아, 너 복권 1등 되면 뭐 하고 싶냐?"

"왜? 오빠 복권 샀어? 난 복권 사지도 않지만 그런 상상 해본
적 없는데?"

"난 가끔 산다. 1등 될 수도 있다는 기대감, 된다면 당장 무엇
을 할까? 하는 행복한 상상. 그런 막연한 행복감이 며칠은 가니
까 가끔 좋은 꿈 꿨다고, 아니면 좋은 일 있을 것 같다는 예감이
들었다는 식의 조작된 이유로 가끔씩 사는데… 하여튼 넌 복권
1등에 맞았다면 그 돈 뭐에다 쓰고 싶냐?"

"지금 당장은 취직이 먼저니까 면접이라도 보게 되면 잘 보이
도록 좋은 핸드백, 옷, 구두 우선 사게 되지 않을까? 진짜 큰돈
맞으면 엄마 아빠 전세 면하게 집 사드릴 수도 있고….."

"그래? 알았어. 우리 관계에 쓸 일은 없겠구나? 왠지 서운하네. 사실 난 1등 되면 당장 너랑 결혼하고 싶다고 말하려고 했는데."

"뭐야 오빠. 지금 나 떠보려고 되지도 않는 복권 얘기 꺼낸 거야? 좀 야비한 거 아니야?"

"토라지지 말고 솔직하게 말해보자. 우리 지금처럼 아무 목적 없이 이렇게 만나고 몸으로 사귀다가 덜컥 애기라도 생기면 어떻게 해야 되는지 넌 생각해 본 적 있냐? 분명히 생각해 본 적이 있겠지? 넌 임신의 당사자이니까."

"오빠는 내가 그런 생각 해봤느냐고 물어볼 게 아닌 것 같은데? 임신에 대한 건 여자에게 맡겨야 할 문제라고 생각해. 다만 오빠는 날 그저 젊은 날 한때 사귀는 여자로 생각하는지 아니면 진지하게 삶을 함께할 결혼 상대로 생각하는지 그 결정이 중요하다고 생각해.

오빠가 날 젊은 날 한때 사귀는 정도로만 생각한다면 난, 임신을 그저 몸이 즐거웠던 때의 사건으로 정리할 수 있을 것 같은 생각이지만 오빠가 결혼 상대로 생각하는 상황에서의 임신이라면 난 결혼식 전이라도 출산할 수 있어.

　내 생각에 대한 질문의 답은 그대로 오빠가 갖고 있는 셈이지."

"흠⋯. 오늘따라 말 조리 있게 참 잘한다. 우리 수진이 그렇게 말해주니까 더 이뻐 보이네."

백사장 걷다 말고 둘이 진한 입맞춤을 한다.

그러면서 서로 속으로 하는 말⋯.

'내가 네 말을 아직은 못 믿겠는데⋯.'

'난, 임신되면 바로 지울 건데⋯. 오빠랑 그냥 사귀다 헤어져도 난 미련 없어. 결혼은 아직 내가 바라는 게 아니야.'

202호

60대
부부

머리를 한껏 치켜들고 백발의 물보라를 날리다가 거칠게 고꾸라지면서 백사장을 포말로 가득 메우기를 반복하는 파도를 바라보는 여자의 눈엔 지난 2년간의 행복했던 시간들이 함께 부서지며 착잡한 이슬이 되어 방울지고 떨어진다.

　정말 행복했고 오늘까지도 행복한데….

　남편은 5년 전에 알코올 중독으로 세상을 떠났다.

　결혼 첫날 밤, 술에 취해 잠들었다가 새벽녘에 깨더니 곧바로 달려들어 옷을 벗기는데 술 냄새가 역겨워 밀쳐내려 했고 한참을 말없이 싸움을 하다가 결국 힘에 밀리고 말았다. 그 후에도 같은 모습이 반복되면서 술에 대한 증오가 생기는 사이에 애는 생기고 삶은 자꾸 내 꿈과는 멀어져 가고 있었다. 밖에서는 술에 취해 싸우다가 얻어맞기도 하고 애매한 사람 때려서 치료비를 물어주기도 하고 급기야 나뿐 아니라 애한테도 손찌검을 하는 경우가 생기면서 이혼 직전까지 갔지만 다시는 그런 일 없을 거라며 무릎 꿇고 애원하는 모습에 넘어가기를 몇 번이었는지.

그래서 처음 다니던 건설회사 토목과장 자리가 마지막 정규직 직장생활이 되었고 그리고는 규모 작은 현장 소장으로 건설현장을 수시로 옮겨 다니는 삶에 난 기진맥진해 있었고, 의사가 알코올 중독으로 인한 간암 말기라는 사형선고를 하는데도 "얼마나 사는데요?" 하며 무덤덤하게 물어보고 있었다.

그렇게 지긋지긋하게 괴롭히기만 하던 남편을 보내고는 내 삶이 편안하고 행복해질 줄 알았는데 몇 달쯤 지나고부터는 서서히 몸과 마음에 허전함이 싹트더니 점점 더 그 크기를 키워나가고 있었고 남편이 남겨놓은 것이라고는 전셋집 보증금 달랑 그것뿐이어서 당장 생계를 위해서는 무엇이라도 해야 했고 다행히 남편을 보낸 지 얼마 되지 않아 지인의 소개로 어느 부동산 사무실에서 일 할 수 있게 되었다.

그리고는 언젠가 혼자 살 전셋방을 구한다는 남자가 왔는데 때마침 사장님은 집안일로 지방에 내려가 있었기에 어쩔 수 없이 내가 집을 보여주게 되었고 그날 세 군데를 보여주고는 땀을 많이 흘리는 나를 본 남자가 고맙다고 시원한 아이스 커피 사주겠다고 해서 부동산 사무실 옆의 카페에 들어갔고, 그 후로 두 번째 본 집이 마음에 든다고 한 번 더 보여 달라고 했는데 퇴근 직전에 오겠다고 해서 어렵게 주인과 시간 맞추어 보여주었고 귀찮게 해서 미안하다면서 그날이 중복 다음 날이니 삼계탕을 사겠다는 말에 나도 모르게 "감사합니다." 하고 따라갔었던 것이 이 사람과의 인연의 결정적 원인이 되고 말았다.

　그날, 삼계탕에 서비스로 나오는 인삼주 한잔에 살짝 빨개진 얼굴이었는데 그런 내 얼굴을 빤히 미소 지으면서 바라보기를 여러 차례 하더니 "볼수록 예쁘시네요." 했고, 난 나보다 세 살 적은 그 사람 인상이 마치 '키다리 아저씨' 같은 느낌과 더불어 인격이 갖추어진 유머를 섞어서 하는 말에 쏙 빠져 있었기에, 남편의 술 문제 때문에 갖게 된 평소의 남자에 대한 지독한 편견과 증오가 어디로 갔는지 까마득히 잊고 있었다.

　생전 처음 들어보는 예쁘다는 말, 생전 처음 경험하는 남자에 대한 호감, 생전 처음 남자와 외식을 하면서 느끼는 행복감이 어우러져 식사 끝나고 차 한잔하고 헤어져 집에 오면서도 마치 꿈만 같았고 집에 어떻게 왔는지도 기억이 안 날 정도였다.

그리고는 한 달 반쯤 후에 내가 보여준 집으로 이사 들어왔고 그 주 말 일요일에 만나자는 그의 말에 쿵쾅거리는 마음으로 나가 첫 둘 만의 시간을 가지면서 시작된 만남이 점점 내 가슴에 '함께하는 미래'를 그려보게 만들고 있었다.

저 사람도 나처럼 결혼시킨 자식, 딸 하나 있지만 난 남편과 사별한 사이고 저 사람은 부인이 미국에서 딸 유학 뒷바라지하다가 현지인과 사귀면서 딸만 귀국시키고 그대로 현지인과 동거하는 바람에 영사관을 통해 힘들게 이혼을 진행했다고 했다.

저 사람은 내가 부동산 중개하는 일이 너무 서툴고 초보라는 느낌이 들었지만 작은 전세 한 건이라도 열심히 설명하고 땡볕에 걷기 힘든 삼복더위에도 그렇게 보여주려는 모습이 고마웠다고 했다. 그래서 더위 식히라고 냉커피 한 잔 사주면서 잠깐 얘기하는 사이에 받은 첫인상이 어찌나 순진하고 요즘 여인 같지 않은 느낌이 들었다면서, 세상 물정을 몰라도 너무 모르는 것 같은 답답한 느낌도 있었지만 우선 어느 집을 선택하는지가 쉽게 결정이 되질 않아 좀 생각해 보고 연락하겠다는 말을 남기고 헤어졌는데 집 문제보다는 나에 대한 느낌이 내내 머릿속에 강하게 남아 있었다고 했다.

그렇게 시작된 인연이 여러 번의 만남과 대화로 서로의 사정이 비슷하고, 생각과 행동의 신중한 모습, 그리고 추구하는 삶의 목적이 나와 많이 닮아 있다는 것을 확인하고 인정하기에 이르렀는데 그렇다면 다음 단계는? 하고 묻는 내 말에 한 달 가까이 대답을 못 하고 있다가 설 연휴를 기회로 여기 왔었고, 그렇게 여생을 함께하기로 하는 둘만의 간단한 의식을 치른 2년 전의 장소가 바로 이 펜션 이 방이었다.

그날, 저 사람 팔에 안겨 행복에 떨던 가슴 한쪽으로 슬며시 내려앉던 불안의 그림자를 지금도 잊을 수가 없다.

'내가 이 나이에 새로운 남자와 여생을 함께한다는 게 과연 가능한 일일까?
이 남자는 아내와의 이혼으로 생긴 회한과 고통의 그늘에서 벗어날 수 있을까? 게다가 서로 몰랐던 부분에서의 의견충돌은 물론이고 삶을 지탱하는 경제력에 대한 통제를 누가 어떻게 할지? 그런 이견 등으로 인한 마찰이 생기면 어떻게 해야 할지? 이 사람 딸은 어떻게 나올지? 이 사람 재산에 대한 입장은 또 어떨지? 그리고 이 사람 속마음이 정말 나를 받아들이고 있는 건지? 얼핏 얼핏 드러나던 내 주장과 고집을 이 사람은 어떻게 자신의 성격과 어울리게 만들어 줄지?'

그런 뒤죽박죽의 그림자들이 지난 2년간의 삶 속에서 부정적 실체를 여실히 드러내면서 요즘에는 힘이 실린 목소리로 높은 톤의 말싸움으로 번지는 경우가 생기고 있었고 그래서 여기 예약했다고 했을 때 '왜 하필 그때 왔던 데를?' 하는 불안한 의구심을 갖게 되었지만 차마 물어보진 못하고 왔는데 내가 너무 노파심이 많은 걸까?

하지만 여기 내려오는 동안 차 안에서의 무거웠던 분위기로는 단순히 노파심은 아닐 것 같은 생각이다.

'아, 만일 이 삶을 정리하자고 하면 난 어떻게 해야지?'

백발을 휘날리며 내리꽂고는 포말로 흩어져 물러났다가 다시 백발을 날리며 달려들기를 반복하는 파도. 사람의 삶에 저런 도돌이표는 없는 걸까? 있다면 그냥 더도 말고 2년 전 여기에서의 시간으로 되돌아가고만 싶다.

'내 남은 인생 내가 결정하면 되는 거지~.' 하면서도 망설이기를 몇 번인가?

이제는 더 이상 미룰 수 없어서, 그리고 집에서는 얘기할 분위기가 안 될 것 같아 여기 오긴 했는데 어디서부터 어떻게 얘기를 꺼내야 할지 모르겠다.

힘겨운 아내와의 이혼절차에 진저리가 난 후, 난 새 여자를 만난다면 내 스스로 정립한 사랑의 조건에 맞아야 한다는 생각을 하고 있었지만 저 사람과 처음 식사를 한 후부터는 이상하게도 그런 조건들은 어디론가 숨어버리고 오감으로 생성되는 감성적 판단만이 내 행동을 지배하고 있었다. 그러면서 '서로 좋으면 됐지~.'라는 하나만의 이유를 여생 동반의 유일조건으로 스스로 결재하고는 저 사람 의사를 물었을 때, 한 치의 망설임 없는 무조건적인 "네~." 한마디에 이 생활이 시작되었다.

하지만 저 사람과의 새 삶이 내가 바라던 조건에 부합하지 않는 게 많다는 사실을 깨닫는 데는 3개월도 걸리지 않았고, 그렇기에 결혼식이나 혼인신고를 하지 않기로 합의한 사실을 서로

선견지명으로 자위하는 상황도 생기면서 최근 잦아지고 있는 의견충돌이나 갈등 상황에 대한 근본적인 해결 방법을 찾아보자고 얼마 전 합의했었다.

하지만 서로 만나기 전의 몸에 배었던 오랜 습관과 사고의 틀이 쉽게 바뀌거나 지워지지 않을 것은 분명했고 그렇다면 2년 전 각자의 삶으로 원점회귀 하든가 아니면 둘 중 누군가는 상대의 습관과 사고의 틀에 흡수되는 희생이 있어야 이 삶이 지속 가능하다는 내 판단을 저 사람에게 얘기하고 선택할 수 있게 하려고 여기 온 것인데 어떻게 말을 꺼내야 할지 모르겠다.

내가 바라던 사랑의 조건은 지극히 현실적이고 보편적인 기준이었음에도 난 그 기준들이 나만의 절대적 기준이길 바라고 있었는데 그것은,

첫째는 정신적 조건 - 서로 깊이 이해하고 배려하는 언행으로 생성되는 사랑이 가장 중요한 근본임에 동의하고 그 사랑을 함께 추구할 수 있는 사람,
둘째는 육체적 조건 - 자신의 삶을 건강하게 유지할 수 있는 방법을 체득해서 실행하고 몸으로의 사랑에도 적극적인 사람,

셋째는 경제적 조건 - 풍족하지는 않지만 기본 삶은 유지할 수 있는 평범한 내 경제력을 이해하고 그 경제력 안에서의 삶에 동의하는 사람.

하지만 첫째 기준부터 문제가 있었는데 그것은 같은 상황이라도 그것을 이해하고 받아들이는 출발점이 남, 여가 너무도 다르다는 것을 간과한 것으로 나 혼자만의 추상적 기준을 내세운 결과가 되고 말았고,

둘째는 각자 건강을 추구하는 방식은 달라도 결과는 긍정적이어서 좋았는데 함께하기 전에는 몰랐던 지병을 각자 갖고 있었기에 서로에게 지속적인 불안감을 갖게 하는 상황이 이어질 수밖에 없게 되었고,

셋째는 각자 자신이 갖고 있던 경제력은 그대로 유지하면서 상대방의 경제력으로 삶을 유지하려고 한다는 것으로,

이렇게 세 가지 기준에 부합하지 않는 일이 반복적으로 일어나면서 언쟁과 갈등이 생기고 있었으니 저 사람도 나 못지않게 이 삶에 대한 회의를 느끼고 있었을 게 분명해 보인다.

터벅터벅, 파도를 뒤로하고 들어오고 있는 저 여자의 무거운 발걸음에 나는 더 무거운 짐을 지워주려 하는 걸까?

저 무거운 발걸음 옆을 아이 하나가 바다 쪽으로 뛰어간다.

저 사람의 숙인 얼굴, 무겁게 걷는 모습이 넘어가는 차가운 햇빛 속에 정말 예뻐 보인다.

이게 무슨 모순된 느낌일까?

아, 얘기는 해야 되는데….

205호

50대
여자

한계를 느낀 건 한두 번이 아닌데 이번에는 다르다.
이렇게까지 처참하게 무너질 수 있는지?

지난번 전시회 때까지만 해도 그래도 동창들과 지인 들이 몇 점은 사주었는데 이번에는 달랑 한 점만 팔리고 나머지는 모두 다시 집 뒷구석 비 새는 창고로 들어가 버렸다.

방향을 잘못 잡은 걸까?

조소과를 졸업하고 본차이나 제조해서 판매하는 회사에 근무 할 때는 지금 같은 독립된 생활이 꿈이었는데, 아니 실제로 독립 해서 혼자 북 치고 장구치고 할 때는 정말 꿈을 다 이룬 것처럼 행복을 담을 마음의 그릇이 오히려 작다고 느낄 정도였는데, 그

길 그대로 가면 되는 것을 내가 무슨 사업을 하겠다고 알지도 못하는 그 시장에 뛰어들었는지 정말 무슨 귀신에 홀린 게 아니었나 싶었다.

전통적인 가마에서 구워내야 제대로 작품이 나올 수 있다는 걸 너무나도 잘 알면서 '전기가마를 만들어 팔면 그 수익이 지금보다 훨씬 더 크다.'는 대학 때 조교의 꼬임에 어떻게 그렇게 쉽게 넘어갔는지 땅을 치고 울어도 시원치 않을 일이었고, 정말 죽고 싶은 마음에 몇 날 며칠을 어떻게 하면 쉽게 죽을 수 있는지 생각했지만 빚 때문에 시달릴 남편이 너무 불쌍해지고 어떻게든 애들 대학 마치게는 해줘야 한다는 생각에 마음을 가다듬기로 했지만 그 사업 때문에 지게 된 빚을 언제 갚을 수 있을지 까마득하기만 했다.

그렇게 어이없게 무너진 내 삶을 다시 세워보려고, 그리고 남편과 자식들 앞에서 당당히 일어서는 모습 보이려고 전부터 해보고 싶던 철사공예로 방향 전환을 했고 남편의 빚으로 공방을 열어 좋은 작품을 만드는 데 혼신의 정열을 다 쏟았지만 내 예술감각이 대중의 가성비 교차점을 넘지 못하고 있었고 어떻게 하면 그 벽을 넘을지 어렴풋이 감을 잡았다가도 만들어진 작품은 결국 벽에 부딪혀 공방 안 진열대에서 녹슬까 봐 걱정하는 신세가 되기 일쑤였다.

그런 상황이 이어지기를 3년.

결국 나 자신에게는 자존심 무너지는 비참한 심정으로, 남편과 애들에게는 너무나도 창피한 모습으로 빚덩어리의 공방을 정리하고는 견딜 수 없는 괴로움에 다시 한번 이런 삶을 버리고 싶었고, 실제로 말없이 집을 나가 이틀을 방황하다가 남편의 설득과 애들의 간절한 호소에 눈물을 밟으며 집으로 들어오게 되었고 그리고는 그냥 집에서 작품활동 한다고 선언하고, 집에서 만든 도자기류와 철사공예품을 예전에 교류했던 사람들의 가게를 통해 판매하면서 생활비에 조금씩 보태는 생활을 했었다.

하지만 내심으로는 그런 집에서의 작품활동이 너무도 마음에 들지 않았었기에 어떻게 하면 독립된 나만의 작품공간을 가질 수 있을지 계속 궁리하는 시간이 많아지고 있었고 그러다가 부모덕에 돈 많은 집으로 시집간 대학 친구 하나가 공동 전시를 기획한다는 말을 듣고 혹시 기회가 되나 싶어 연락했더니 심드렁한 대꾸지만 그래도 같이 해보자는 말을 듣고 철사공예 공방할 때 알게 된 남자의 작업실에서 6개월의 작업 후에 전시를 하게 된 것이 지난 연말이었다.

세 줄기의 독백

정말 내가 갖고 있는 예술혼을 바닥을 드러내며 만들어서 연말 공동 전시회에 출품했고, 그래서인지 친구들과 지인들은 물론 초대한 명장 몇몇 분들한테서도 전보다 더 섬세한 예술성이 깃들어 있다는 말을 들었고, 그동안 말라붙어 있던 삶에 대한 애착의 뿌리에 조금씩 물이 스며드는 것 같은 느낌을 갖게 되었다.

그동안의 쓴맛으로 일부러 낮게 책정한 작품가격 때문에 전시회가 끝날 때까지 팔린 것은 내 몫의 전시관 대관료를 겨우 감당할 정도였지만 그나마 내 자존심을 조금이라도 회복한 것 같은 느낌을 갖는 계기가 되는듯했다.

연말 전시회가 끝나자마자 초청했던 어느 명장의 조교로 활동하는 여자가 자신의 신년 작품 발표회에 참여해 주겠느냐는 제안을 해 왔고 난 무조건 'why not!' 하면서 새로운 작품 만들 시간이 없으니 지난 연말 전시회에서 회수했던 작품들 전시하겠다고 하고 참여했던 것인데, 그만 새로운 작품 없이 참여하려 했던 결과가 이렇게 비참하게 될 줄은 미처 예상하지 못했었다.

그 명장이 조교에게 던진 말 "아니, 이것들 지난번 전시회에서 본 건데 여기 또 나왔네. 특별히 좋아 보이지는 않던데 한번 나왔던 게 왜 또 나왔지?"

물론 가까이 있던 내가 작가인 줄은 모르셨을 수도 있지만 듣는 나는 그렇게 너그럽게 해석할 여유가 있는 예술적 인격이 아니어서 아무런 대꾸도 못 하면서 자존심 뭉개져서 얼굴만 빨갛게 달아오른 채 당장은 쥐구멍에라도 들어가고 싶었다.

그래도 난 작품이 좀 팔리면 그까짓 밟힌 자존심은 스스로 치유되겠지 하면서 전시회 끝날까지도 희망을 품고 있었는데, 아무리 시 외곽이라도 어쩌면 그렇게 구경 오는 사람조차 없는지 이 공간에 난방하는 게 아깝다는 생각이 들 정도였고 결국 결과는 철사공예 한 점, 그것도 근처 음식점에 엄마 따라왔던 2학년 초등학생 여자애가 갖고 싶다고 엄마 졸라서 사 간 '참새' 한 점 뿐이었다.

회수한 작품을 집 뒤 창고로 다시 집어넣는 걸 씁쓸한 표정으로 보고 있던 남편이 하는 말 "이젠 좀 쉬지⋯. 빚 때문에 너무 그러다 아무래도 무슨 일 날 것 같군." 그 말에 마지막 상자 들고 가다가 왈칵 울음이 터져서 하마터면 상자를 떨어뜨릴 뻔했었고 그대로 창고에 들어가 엄마가 돌아가셨을 때보다 더한 대성통곡을 하고야 말았다.

그런데 그 전까지만 해도 그렇게 한바탕 울고 나면 가슴속 어둠이 조금은 잠시라도 가시는 듯했는데 이번엔 아무런 변화가 없었고 내 존재 가치가 더 이상은 남아 있는 게 없다는 혼자만의 회의 결과에 계속 의사봉을 땅땅 내려치고 있었고 그런 심리 상태로 불편하게 지내다 결국 남편과도 별일 아닌 걸로 한바탕 싸우게 되었고 이번 설에 남편과 애들 먹을거리라도 만들 생각도 없이 떡국만 끓여준 뒤 서둘러 집을 나와버렸다.

그리고는 몇 군데 알아보다 찾은 곳 '별을 품은 달'.

어제 여기 와서 저녁 대강 먹고 펜션 이름이 궁금해 위층에 올라가 이 펜션 주인 여자에게서 들은 펜션 이름에 얽힌 사연이 삶을 버리고 싶은 내 마음을 살금살금 찌르고 있다.

달빛에 별빛이 몽땅 사라진 어느 여름밤.
남편이 자기 무릎을 베고 잠들더니 영영 안 일어났다고….

남편은 이것저것 사업을 했었고 사업이 대체로 잘되어 시내에 작은 빌딩 하나까지 소유했지만 결국 부동산 사기에 휘말려 재산 모두 날리고 화병으로 위암에 걸리고 첫 수술 이후 재발해서 2차 수술을 받았지만 다시 악화되어 결국 세상을 떠났는데, 그날따라 너무 힘들다며 자기 무릎에 누워도 되냐고 묻더니 누워서 힘겨운 작은 목소리로 "달빛이 별을 다 삼켰나? 아니면 품은 건가? 별이 하나도 안 보이네." 하고는 눈을 감았다고 했다.

남편이 그렇게 가고 나서 아들과 상의해서 겨우 집 하나 남은 거 정리하고는 여기 이 펜션을 샀는데 남편이 무릎에서 숨을 거둘 때 입었던 게 하얀 티셔츠여서 색을 흰색으로 칠했고 이름은 남편의 마지막 말을 그대로 따서 지었다고 했다.

사연을 들으면서 가슴으로 내려앉는 묵직한 느낌. 내가 그렇게 공들여 만든 그 많은 작품보다 이 여자가 단 하나 정말 멋진 작품을 만들었구나.

자꾸만 깊고 아프게 찌르는 그 느낌이 어젯밤이 마지막이라고 작정했던 마음을 흔들어 버렸었지만, 그렇게 아침을 거른 채 머리를 쥐어짜도 어떤 희망을 품어야 할지 결정을 못 한 채 다시 한나절이 넘어가고 있다.

난 이게 뭐지?

난 지금 어떻게 해야지?

겨울장미를
사랑한
시인

며칠 이어진 따뜻한 겨울 날씨가 초라했던 그의 옥상에 장미 한 송이를 피우고 말았다. 굵은 가지 하나에 연초록빛이 살짝 돌았나 싶었는데 어느새 붉은 꽃 한 송이를 피웠다.

　갈색 철쭉 낙엽이 볼품없이 덮여 있어서 잘 올라오지 않던 옥상. 잡동사니가 있으면 귀찮은 손짓으로 집어서 쓰레기통에 던지면서 흘낏 둘러보던 옥상에 갑자기 빨갛고 화려한 꽃이 보였고 그건 어두운 장막이 걷히며 등장하는 솔로 발레리나 같은 느낌이었다.

　예쁘다.

　외로워 보여서 사랑스럽다.

　뭔가 자신과 비슷하다는 느낌.

　그래서 뭔가 통할 것 같은 느낌이다.

얘기가 된다면 꽉 막혔던 마음의 문을 열어줄 것 같다.

그날 밤, 그는 등받이가 헐고 팔걸이도 없는 의자를 들고 장미 곁에 앉는다.

얘기를 주고받는다.

그리고는 다음 날 낮에도,

그 다음 날 초저녁 어스름에도,

또 다음 날 달빛 밝은 밤에도,

그리고

눈 내린 날 아침에도 그날 저녁에도,

그리고는

또 다음 날, 검붉은 얼음꽃이 되던 날까지….

2022년 3월 초

빛 가득 받은 창가에서

세 줄기의 독백

1.

첫째 날

두부, 호박 넣고 끓인 된장찌개로 저녁 먹었지. 넌 뭘 먹고 꽃잎 열 수 있었던 거냐?

차오르는 달빛이 아직은 어스름하구나. 밤이슬 내리는데 넌 춥지 않니?

뭘 덮고 싶다면 얘기해라. 널 덮어줄 것은 찾아보면 많을 것 같다. 얼굴 덮고 싶으면 크고 두꺼운 비닐 봉투도 있고 몸뚱어리가 추우면 구멍 난 양말 잘라서 감싸줄 수도 있고 뿌리가 추우면 낙엽 긁어모아 덮어줘도 될 거다.

하여튼 귀하게 너를 만난 것 같은데 오래 보고 싶은 마음이 들어서 그런다. 아니 말할 친구가 없었는데, 말이 통하는 사람이 없었는데, 그래서 말을 잃어가고 있었는데 너를 보게 되니 말할 친구를 얻은 것 같고, 그래서 말을 되찾을 것 같구나. 너는 내 밑바닥까지 들여다봐도 될 것 같다.

그래, 오늘 있었던 얘기를 해보자. 누구부터 할까? 바람 부는 쪽부터?

그래? 그럼 어디 보자. 네 꽃잎이 가끔씩 내 쪽으로 넘어오는 거 보니까 바람이 이쪽으로 부는구나. 그럼 나부터 얘기할까?

요즘은 대중교통 이용할 때 대부분 교통카드를 쓰는 게 습관이 되어 그냥 찍기만 하다 보니 정작 버스 요금이 얼마인지 모르는 사람도 꽤나 많을 것 같다. 게다가 일상에서 어지간한 건 거의 다 카드로 결제하니까 현금 없이, 있더라도 잔돈 없이 다닐 수도 있는 것 아니겠냐?

아침에 버스 타는데 언제 어디서 빠졌는지 핸드폰 케이스 뒤쪽 포켓에 있던 교통카드가 안 보이고 주머니를 뒤져봐도 없길래 할 수 없이 현금 내려고 지갑을 보는데 오만 원권 하나 하고 천 원권 하나만 있어서 기사한테 어떡할까 물었더니 천삼백 원이니까 알아서 내세요 하는 거야. 그건 여기 안내문 봐서 알겠는데 오만 원권 내면 거스름돈 있냐 했더니 거스름돈 없으니까 내려서 어디 은행을 가든가 가게를 가든가 잔돈 바꿔서 다시 타라는 거야. 난 내심 천 원짜리 한 장 내고 그냥 타면 어떨까 하고 물어보는 거였는데 내려서 잔돈 바꿔와서 타라니까 좀 황당한 느낌이 들었지. 잠시 쭈뼛거리는데 그때부터 퍼붓는 거야.

아니, 교통카드나 현금을 확인하지 않고 버스 타는 사람이 어디 있냐부터 지금이 어떤 땐데 기사가 잔돈을 거슬러 주느냐, 뒷사람들 기다리는데 빨리 비켜라, 출발해야 하니까 얼른 내려라까지…. 속사포로 쏘아대더니 내리는데 뒤통수에 대고 '빨리 내려요.' 한마디 더 붙이더군.

난 양심적으로 살아온 사람이고 누구에게 사기 쳐 본 적도 없어서 그런지 기사의 다그침에 마치 내가 사기라도 친 죄인 같은 기분이 들어서 괜히 얼굴이 붉어지는 느낌이었어. 마치 지금 네얼굴처럼. 기분 정말 더럽더군. 할 수 없이 다시 집에 들어와서 찾아보니 핸드폰 주머니에 넣을 때 빠진 듯 화장실 앞쪽에 떨어져 있었어. 또 빠질까 봐 아예 테이프를 조금 잘라 카드를 핸드폰 뒤 포켓에 아예 붙여버리니까 안심이 되었지.

그렇게 나와서 약속 장소에 가니까 친구들 네 명이 한입으로 나보고 늦게 왔다고 투덜거렸지. 그런데 시간을 보니까 정확히 5분 늦은 거야. 그게 정말 투덜거릴 정도로 늦은 건가? 넌 초여름 네 철에 피지 못하고 지금 피었지만 누가 너 보고 늦게 폈다고 뭐라고 하지 않았지? 거봐, 왜 인간들은 이 모양인지 모르겠다. 어쨌든 불문율처럼 된 약속대로 찻값은 제일 늦은 내가 낼 수밖에 없었지.

오늘 만난 이유가 오랜만에 얼굴 보자는 건데 난 이런 약속이 제일 싫거든. 친구니까 할 수 없이 나오긴 했지만 아무 목적도 없이 단지 두 달 못 봤다고 얼굴 보자고 만나는 이런 허무맹랑한 모임이 내가 제일 질색하는 것인데, 게다가 찻값까지 다 내주는 상황이 되었으니~.

더 가관인 건 만나서 하는 얘기가 직접적인 관계라고는 눈곱만치도 없는 정치 얘기를 주로 하는데 듣다 보면 다들 각자의 나라에서 대통령 해야 될 인물들이야. 친구 하나가 사돈의 십촌쯤에 국회의원이 있긴 한 걸로 들었지만 그렇게 따지면 대한민국에 정치인 연결 안 된 사람 누가 있을까?

하여튼 식사 겸 술 한 잔씩들 걸치면서 밑도 끝도 없는 정치 얘기에 2시간을 보내고 집에 온 거야. 그런데 오는 길에 탄 버스가 바로 아침에 시비 아닌 시비가 붙었던 그 기사 그 버스였지. 어서 오세요 하고 인사하던 기사가 카드 찍는 나를 보더니 멋쩍은 듯 씩~ 웃는데 난 기분이 별로여서 째려보듯 하고는 운전석 뒷자리에 앉았지. 속으로는 너 때문에 오늘 내 일진이 안 좋았던 거 아냐? 하면서….

버스 안에서는 내 기분과는 달리 경쾌한 폴 모리아 악단의 경음악 '이사도라'가 나오고 있었어. 나도 모르게 속으로 흥얼거리게 되었지. 그리고는 이어지는 음악 '위대한 사랑'. 그때서야 저 기사가 CD를 틀었다는 것을 알았지. 순간 뜻밖이고 의외라는 느낌에 기사를 다시 한번 봤는데 기사 등 뒤로 돌아오는 답은 '왜? 버스 기사는 이런 음악 좋아하면 안 돼?'라고 하는 것 같았어. 그러면서 얼마 전 일자리 때문에 구청에 갔다 온 일이 생각나는 거야.

정년퇴직하고 이것저것 아르바이트 또는 파트타임으로 일하면서 내 편한 대로 지내긴 했지만 정규직으로 일하지는 않았기에 많이 나태해지는 것 같아서 일자리 찾아보겠다고 나섰더니 쉽고 빠르게 들어오는 일자리는 경비직이라고 구청 담당자가 알선해 주는 대로 면접 보러 갔었지. 관리소장 사무실은 건물 맨 위층 비상구 쪽에 칸막이로 된 작은 구석에 허름한 책상 하나 놓여 있고 벽에는 조그만 일정표 칠판 하나 걸린 게 전부였지. 책상 위에는 무슨 서류와 건물 보수에 쓰일 듯한 부속품 같은 것들이 잔뜩 쌓여 있었지만 그런 지저분한 모습과는 딴판으로 소장은 품이 넉넉한 사람처럼 인상 좋은 느낌이었는데 이력서를 보더니 대뜸 '아이구, 선생님, 이런 학력과 이력으로 여길 지원하셨어요? 정말 근무에 자신 있으신가요?' 하는 거야. 한 달 후부터 일하기로 하고 나왔는데 그 후 갑자기 찾아온 무릎 통증으로 계단 오르내리는 게 어려워 일 못 한다고 통보를 했지만 그때 소장의 질문에 대한 내 대답과 완전히 반대되는 답을 기사는 등 뒤로 내게 들려주는 것 같았지. 어쨌든 묘한 여운을 가슴에 담으면서 집에 왔어.

그리고는 저녁때가 되길래 밥을 차렸지. 밥은 어제 해놓은 게 있고 감잣국 끓여놓은 것도 냉장고에 있으니까 그거 데우고 옆집에서 준 김치와 김 꺼내서 그런대로 잘 먹었어. 그런데 마지막 한 숟갈 먹고 김치를 씹는데 뭔가 아주 작은 뼛조각 같은 게 하나 씹혀서 뱉어봤더니 왼쪽 어금니 하나 귀퉁이가 떨어진 거였어. 내일 치과를 가볼까 말까 생각 중이야. 일단 치과는 돈이 많이 드니까.

이래저래 오늘은 운수가 좋은 날은 아니었구나.

이제 네 얘기 좀 들어보자.

내 얘기 듣고 싶으세요? 뿌리에 저장된 일기에는 초여름부터 내내 벌레들 때문에 몸뚱어리가 성하지 않았고 먼저 폈던 애들 얼굴도 진딧물에 금방 시들었다는데 그때는 쳐다보지도 않으시다가 이제 겨우 며칠 따뜻한 햇빛에 저 혼자 피니까 예뻐 보이나요?

그러고도 주인 맞나요?

하긴 바람결에 들려오는 건너편 아파트 단지 정원의 친구들 얘기도 비슷하다더군요. 심어 놓고 처음 몇 번 필 때는 애들까지 데리고 나와 예쁘다고 쓰다듬고 하다가 한밤중에 얼굴만 싹둑 잘라가는 일도 있더니 다음 해부터는 경비 아저씨들이 소독약 뿌릴 때나 밉상으로 뻗은 가지 자른다고 할 때만 관심을 갖는다더군요.

뭐, 그런 얘기해 봐야 뭐하겠어요. 난 그저 내 운명만 생각하면 되고, 오늘만 생각하면 되겠지요.

아까 아침 햇빛 정말 보드랍고 따뜻했어요. 목부터 다리까지 간밤 찬 공기에 식었다가 새벽에 맺힌 물기에 추웠었는데 햇빛이 닿으면서 녹고 마르더군요. 그러면서 발끝부터 간지럽게 물이 올라오더군요. 종아리로 허벅지로 목으로~ 그리고는 얼굴을 얼마나 간지럽히는지. 천천히 고개를 들고 겹겹으로 붙어 있던 볼을 하나하나 펴기 시작했지요. 볼 하나하나 천천히 햇빛 마사지를 하면서… 하지만 쉬지 않고 폈어요. 구름 한 조각 잠깐 햇빛을 가려도 쉬지 않았어요. 그렇게 볼을 다 폈지만 마지막 제일 작은 속 볼 네 개는 입술 감추느라 열지 못했구요.

건넛집 옥상에 아줌마가 빨래 넌다고 올라왔다가 나를 한참 보고 갔어요. 좀 우울해 보였는데 사람은 사람이 위로해야 되겠지요? 그 아줌마 나보다는 덜 예뻐도 사정되면 가서 한번 위로해 주셔도 좋겠어요. 김치 주는 분이 그분 맞는다면요.

실바람이 살짝 불더니 철쭉 낙엽 몇 개 건드리다가 내 얼굴을 쓰다듬고 가더군요. 그러면서 전한 말이 '며칠 후에 눈 온다.' 아니 이렇게 따뜻한데 눈 온다는 게 사실이냐고 물었더니 '세상 다 돌아다녀 봤는데 결국 인간이란 것들이 세상 질서를 다 엉클어 놔서 나도 이제 뭐가 뭔지 모르겠고 어디로 가야 할지, 어디서 머물러야 할지 그날그날 그때그때 하늘에 물어보고 있단다.' 하면서 내 볼을 가여운 듯 쓰다듬고 갔어요.

하늘이 종일 파랗더군요. 동쪽으로 비행기 한 대가 흰 꼬리 두 줄기를 그리면서 가더군요. 인간에 무심하기는 저나 나나 마찬가지인데 살아 있는 나는 발이 묶여 서 있고 살아 있지 않은 저 비행기는 움직일 수 있다는 게, 그것도 하늘을 날아간다는 게 뭔가 크게 잘못된 이치 같다는 생각을 했어요.

참새 두 마리도 왔다 갔어요. 여긴 참새가 먹을 건 아무것도 안 보였는데 그래도 부리가 아프도록 낙엽을 여기저기 뒤지고 헤치더니 겨우 조그만 비닐조각 하나 물고 가면서 '야, 여기도 먹을 게 없는데 어디로 가야 먹을 게 있을까?' 하고 대답할 줄 모르는 내게 묻더군요. 난 그저 묵묵히 날아가는 뒷모습 쳐다보기만 했구요. 그런데 물고 가던 비닐조각을 옆집 옥상에다 떨어뜨렸어요. 먹을 게 아니라는 걸 그제야 알았나 봐요.

노을이 내 얼굴만큼이나 빨갛다고 느껴질 때 옆집 아줌마가 빨래를 걷더군요. 그때 마침 바람이 휙 불더니 걷어서 팔에 걸쳤던 빨간색 치마 끝자락이 아줌마 얼굴을 덮었어요. 빨간색 노을과 빨간색 치마. 나랑 닮은 색이어서 보기 좋았는데 얼굴 가렸던 치맛자락 내리는 아줌마 얼굴은 여전히 우울한 것 같았어요.

어두워지면서 언제 떠 있었는지 달이 '나 좀 봐~.' 하더군요. 그러더니 한숨을 쉬면서 다짜고짜 신세타령을 했어요. '너는 단 며칠이라도 똑같은 모습으로 있을 수 있지만 난 매일 모습을 조금씩 바꿔야 해서 여간 피곤한 게 아니다. 그것도 내 의지로 하는 게 아니라 날 분장시키며 주인 행세하고 있는 저 폭군, 바로 태양이 시켜서 할 수 없이 하는 거니까 너무 힘들다. 넌 볼을 오므리고 잠이라도 잘 수 있지? 난 밤새도록 하늘을 가야 한다.' 조금 전까지 저 달이 하던 말이지요. 아저씨가 오니까 입을 닫았어요.

이제 볼이 차가워지네요.
볼 몇 겹 접고 자야겠어요.
들어가세요.

아~ 그래? 알았다. 그럼 들어가야지.

세 줄기의 독백

며칠 따뜻했다고 네 몸에 깊이 새겨진 시간표마저 엉망이 되어 피었지만 이 시절에 그 예쁜 얼굴 보여주니 나는 그저 고맙기만 하구나.

잘 자거라~.

2.

둘째 날

날씨가 참 좋다. 의자가 등받이만 헌 게 아니고 엉덩이 쪽도 뜯어진 게 있어서 방석 하나 가져왔다. 그러고 보니 넌 앉거나 구부릴 필요가 없구나.

자~ 오늘은 누가 먼저 얘기할까? 어떻게 정할까?

지금 햇빛을 누가 많이 받고 있는지 간단히 그걸로 정하면 어때요?

그래? 가만 보자. 지금 내 얼굴은 햇빛을 받고 있지만 몸은 옆집 벽 그림자에 가려져 있고 네 얼굴과 몸통은 온통 햇빛을 다 받고 있으니 네가 먼저구나.
너부터 얘기하렴….

그래요? 알겠어요.

어젯밤, 아저씨 들어가신 후 저는 또 달의 수다를 잠깐 더 들어야 했어요.

근데 그 수다가 아저씨 얘기였지요.

'아저씨 들어갔으니까 말인데, 저 아저씨는 내가 보름달일 때 가끔씩 나를 찾아와 보름달 밤에 겪었던 얘기를 해주곤 했단다. 나랑 얘기하는 사람이 별로 없는데 저 아저씨는 나랑 얘기하고 싶어 하는 몇 안 되는 사람 중 한 사람이지. 아저씨가 들려준 얘기 해줄게.

고1 때 북아현동 산꼭대기 방 창문으로 여의도 비행장을 내려다보면 달빛 아래 어렴풋이 보이는 그 비행장엔 뜨고 내리는 비행기는 없고 늦게 잘 곳 찾는 새 몇 마리 눈앞을 가로지르는 풍경에 고향에 계신 어머니 아버지 보고 싶은 생각만 가득해져서 그날 밤엔 눈물 맺힌 눈을 베개에 비비며 자야 했다고 했고,

대학 2학년 마치고 군대 가서 동해안 옛날 공비 침투하던 곳에서 근무하던 어느 겨울밤, 근무지 육지 쪽으로는 함박눈이 온 하늘과 바닷가 백사장을 뒤덮고 있는데 구름 없는 수평선 위로

는 떠오르는 보름달 빛이 육지의 함박눈을 마치 탐조등이 훑고 있는 듯한 꿈 같은 황홀경을 보여주고 있어서 그 광경에 취해 백사장 순찰도 잊은 채 눈 속에 서 있다가 하마터면 파도에 휩쓸려 들어갈 뻔했었고,

눈이 발목을 덮게 내린 크리스마스이브, 스위스 인터라켄에서 숙소를 구하지 못해 소방서 옆에 주차하고 차에서 잠을 자는데 차창을 뚫고 눈으로 쏟아지는 그 강한 달빛 때문에 꼬박 밤을 새우고는 다음 날 융프라우 꼭대기 얼음동굴 지나면서 졸았다는 얘기도 했었고,

모두 잠든 비행기에서 검푸른 태평양의 밤하늘 한가운데 떠 있던 보름달, 그리고 그런 달빛 아래의 구름에서 땅으로 번개를 내리치고 있던 진풍경에 넋을 잃고 있었다는 얘기도 했었고,

몇 년 전 남해 어느 작은 외딴섬 허름한 낚싯배 뱃전에 가녀린 파도에 실려 와 힘없이 부서지던 달빛을 아련한 마음으로 바라보고 있었다고도 했었지.

밤에 보는 내 모습으로 경험한 감정을 저 아저씨한테서 들으

니까 나도 누군가에게는 온갖 감정을 맛보게 하는 능력이 있구나 하는 뿌듯함이 생기고 수시로 내 모습을 바꿔주는 해를 무턱대고 싫어할 일은 아니라는 생각이 들기도 했어.'

달의 수다로 아저씨가 그런 분이라는 걸 알았고, 그래서 제철이 아닌 때 핀 내게도 이렇게 찾아와서 얘기하시는 아저씨의 관심을 저에 대한 사랑으로 받고 싶은 생각이 들었어요.

하여튼 그렇게 달의 수다를 듣고는 저도 볼을 오므려 잠을 청했지요. 그리고는 새벽의 가벼운 서리를 이기고 아침 햇살의 온기로 다시 볼을 열었어요.

얼마 있다가 어제 왔던 참새들이 다시 왔는데 어제와 똑같이 낙엽을 여기저기 뒤지고 헤치더니 오늘은 무슨 작은 벌레 한 마리씩 물고 날아가더군요. 기분이 좋은지 높이 날아서 갔어요. 오늘따라 바람도 없고 파란 하늘에도 아무 자국이 없네요.

아저씨. 저는 먹는 게 물밖에 없는데 자연히 시들어지게 될까요, 아니면 추위에 얼어서 보랏빛 동상에 걸리게 될까요? 왠지 아저씨는 제가 시들거나 동상에 걸리지 않고 오래 피어 있길 바라실 것 같아서 물어봤어요.

그랬구나. 그래 맞다. 당연히 난 네가 오래 피어 있길 바라지. 하지만 내가 널 날씨를 거슬러 오래 피어 있게 할 수 있는 능력이 없다는 게 너무 미안하구나.

난 어제 깨진 이빨 때문에 아침 먹고 바로 치과를 갔단다. 떨어진 이빨 조각을 의사에게 내밀었더니 웃으면서 '깨져 떨어진 것은 붙일 수가 없습니다.' 하는 거야. 그리고는 깨진 부분을 씌워야 한다고 해서 할 수 없이 그러기로 했지만 난 속으로 아니 한 조각으로 떨어진 건데 왜 못 붙이나? 붙일 수 있는데 장삿속이라 그런 거겠지? 에휴~ 내가 의사가 아니니 어쩔 수 없이 눈 뜨고 코 베이는 거 아닐까? 금액이 내 기준으로는 많이 비싸니까~.

그렇게 본을 뜨고 임시로 메우고는 돌아오는데 옆집 김치 준 아주머니, 그래~ 네가 어제 빨래 걷으면서 우울해 보였다는 바로 그 아주머니를 문 앞에서 마주쳤단다. 네가 어제 그렇게 얘기해서 그런지 오늘도 밝은 모습이 아닌 것 같아서 무슨 일인지 듣고 잠깐이라도 위로해 주고 싶었지.

이 아주머니에 대해서 내가 아는 것은 이사 온 지 몇 달밖에 안 되었고 가족 없이 혼자 산다는 것, 눈 주변에 주름이 꽤 있어서 나이 들었다는 것이 표가 나지만 바탕은 참 예쁜 얼굴로 보였고 몸매도 뒤에서 보면 단정한 옷차림과 상체보다 하체가 긴 날씬한 체형이 마치 소녀같이 귀엽고 예쁜 모습이라는 것뿐, 그 이상은 알고 있는 게 없었단다.

쓰레기 버리러 나오다가 집에 들어오는 나와 마주쳤던 것이고 '오늘 안색이 좀 밝지 않으신 것 같은데 혹시 무슨 걱정이라도 있으신지 아니면 불편한 데라도 있으신지 제가 물어봐도 될까요?' 하는 내 질문에 가벼운 미소로 '괜찮습니다.' 했지만 내게 전달된 느낌은 분명 무슨 걱정거리가 있는 것 같았어. 그래서 '저도 혼자 지내기 때문에 무슨 급한 일 있거나 도움이 필요한 일 있으면 서로 연락하기로 하면 어떨까요?' 했더니 잠시 머뭇거리다가 '알겠습니다.' 하더군. 그러면서 핸드폰 번호를 물었고 알려주는 번호로 전화를 해서 내 번호를 찍어주고 이름도 알려줬지. 하지만 난 그 아주머니 이름을 물어보지는 않았어. 어쩐지 그 착한 인상, 예쁜 몸매와는 다르게 이름은 옛날식 이름일 것 같아서 선뜻 물어보고 싶지 않았단다. 그리고는 어색하게 잠시 서로 쳐다보다가 아주머니가 들어가겠다고 하길래 알겠다고 하고는 돌아서다가 '나중에 따뜻한 날, 햇볕 쪼이면서 차 한잔해도 되겠지요?' 했더니 '그러세요~.' 하며 마치 그런 말을 기다린 듯한 반응에 생전 처음 느끼는 정말 이상하고 야릇한 설렘과 흥분이 뒤섞인 감정이 솟구치더구나. 들어가는 아주머니 뒷모습을 다시 훔쳐보듯 힐끗 돌아보는데 동시에 돌아보며 다시 어색하게 미소 짓는 그 모습이 자꾸 눈에서 떨어지질 않아서 조금 늦긴 했지만 언제나 그렇듯 혼자 먹는 평범한 점심밥이 어디로 들어가는지 모르게 먹었단다.

그러면서 저 아주머니의 인상이 누군가의 인상과 자꾸 오버랩되는 것 같아 설거지도 잊은 채 잠시 생각에 잠겼다가 정말 오래전 기억 속의 아주머니, '맞아 그 아주머니와 너무 비슷해~.' 하면서 까마득한 옛날 생각이 나더구나.

고3 시절, 자취방 앞 쪽마루를 부엌 겸하여 쓰고 있었고 그 쪽마루 아래에 연탄아궁이가 있었지. 물은 안집 부엌 앞에 나와 있는 수도꼭지에서 받아오는데 그것도 밤에나 물이 나오니까 안집과 자취하는 나, 그리고 옆방 신혼 아주머니네가 서로 경쟁하듯 물 나오는 시간 기다렸다가 물을 받곤 했는데 나는 학교 갔다 늦게 와서 못 받는 경우도 있었고, 못 받을 때는 그날 저녁은 물론 다음 날 아침, 점심과 도서관에서 먹을 저녁 도시락까지 다 못 먹고 못 싸게 되는 경우도 있었어. 옆방 신혼 아주머니가 내 딱한 사정을 알고는 말없이 가끔씩 물을 받아 주기도 하고 반찬이나 찌개를 건네주기도 했었는데 그때 그 경상도 아주머니의 조용한 친절이 얼마나 고맙고 감사했었는지, 그 선하고 착한 인상이 정말 오래도록 남아 있었어. 안집 게으른 딸들이 서로 물 받는 걸 미루다가 못 받으면 내가 받아놓은 물을 훔쳐 가기도 했는데 어느 추운 겨울밤, 내 방문 앞 쪽마루 아래에 있던 물이 꽁꽁 얼었는데도 그걸 얼음을 깨고 훔쳐 가는 걸 보고는 아주머니가 받았던 물을 내게 밥하라고 건네주던 모습, 또 가끔씩 운전기사였던 남편과 뜨거운 사랑의 밤을 보낸 날이면 (그때 나는 옆방의 그 소리가 사랑의 소리인 줄은 모르고 다음 날 아침 아주머니한테 어디 많이 아프세요? 하고 묻기도 했었지) 아침에 뜨거운 국물을 내게도 한 그릇 주곤 했었는데 하여튼 그렇게 인정 많던 그 아주머니의 기억이 오늘 새삼스레 옆집 아주머니 모습 속에 묻혀 떠올랐단다.

그렇게 한동안 묘하고 야릇한 감정에 빠져서 앉아 있다가 설거지를 끝내고 뉴스 본다고 티브이를 켰지. 뉴스는 그냥 여전히 세상이 어디로 가고 있는지 방향을 잃은 채 헤매고 좌충우돌하는 사회상과 그 흔적들로 가득했고, 그런 세상에 그래도 권력을 누가 잡을지가 최고의 뉴스인지 가까워진 대통령 선거 얘기로 온통 도배가 되어 있어서 잠깐 보다가 싫증이 나서 바로 끄고는 미완성인 시 한 편 이어서 써보려고 노트북을 펴고 앉았지. 지금까지의 내 삶, 봄가을 칠십 번을 번갈아 가며 살아왔지만 결국 내게 남은 게 없다는 새삼스러운 깨달음과 허탈함이 요즘 머릿속을 지배하기에 그냥 풀어서 써봤단다.

아무것도 없던 걸…

사랑? 그거 해봤지. 남은 건 아픔뿐
성공? 나름 해봤지. 남은 건 허탈뿐

기쁨, 슬픔, 희열, 고통 느껴봤고
만남, 이별, 모음, 나눔 경험했고
먹고, 뱉고, 받고, 주고 살아 봤는데

사람 산다는 걸 대강은 해봤는데…

새삼 그 모두가

아무것도 아닌 것을

그 모두가 내 것인 건 없던 것을…

푸른 잎 단풍 되어 가지를 떠나듯

모두 나를 두고 떠나는 것

아니 결국 나마저 떠나는 것

시작을 모르는 시간에서 왔다가

끝을 모르는 시간으로 가는 것

모두가 내게 스친 것뿐

나도 시간을 스친 것뿐

아무것도 없던 걸

아무것도 없는 걸…

워낙 삶이 짧은 네가 같이 공감할 수 있는 것인지는 모르겠지
만 네 꽃잎이 지기 전에 너에 대해서도 한 편 쓰고 싶구나.

그래, 이제 내려가 봐야겠다.

내일 찾아올 때까지 잘 지내거라.

3.

셋째 날

5시 반~ 벌써 어스름 땅거미가 내리는구나. 지난번에 갖다 놓은 방석이 그대로 있어서 엉덩이가 차갑지는 않은데 이 의자는 아무래도 네가 떨어지고 나면 갖다 버려야겠다. 낡고 부서진 의자의 마지막 운명을 네 운명과 같이하게 되는 것도 인연이라고 해야 될까?

하긴 이 세상에 서로 아무런 연관이 없더라도 운명을 같이하는 것들이 한둘은 아니겠지. 비행기가 어떤 이유로 산에 추락한다고 했을 때 거기 타고 있는 사람들 서로는 물론이겠지만 추락하는 비행기에 부러지고 꺾이고 깔려서 죽게 되는 나무나 잡초, 꽃들, 아니면 추락 때문에 발생하는 불로 죽게 되는 산짐승과 새들 그 모두가 서로 아무런 연관이 없음에도 같은 운명이 되는 그런 것들을 나는 언젠가부터 우연적 인연이라 생각했고 따지고 보면 이 세상의 모든 인연이란 것은 모두가 우연적 인연일 뿐이라는 생각을 하고 있단다. 생물에서의 유전적 관계만 보더라도 우연히 만나 만들어진 수정란이나 씨앗으로 시작되는 것 아니겠냐?

그런데 그 모든 우연으로 형성된 인연의 결과물들은 한결같이 운명의 끝이라는 역설적이게도 필연적인 인연을 가지고 있으니…. 저 광대한 우주조차도 말이다.

너와 내가 만난 것도 참 행복한 우연적 인연이 아니겠냐? 행복한 우연. 난 이 말이 너무 좋고 언제나 이런 행복한 우연만 있으면 좋겠다. 옆집의 이쁜이 아주머니를 만난 것도 행복한 우연이라 생각되고 그렇게 내 남은 삶, 정신과 육체가 온전한 기능을 유지하며 지낼 수 있는 앞으로의 시간, 평균적으로 기껏해야 10년이 채 안 될지도 모르는 그때까지만이라도 이런 행복한 우연이 이어졌으면 좋겠다.

얘기하다 보니 오늘은 그냥 이어서 내가 먼저 얘기하는 게 어떠냐?

그러세요. 편한 대로 하세요. 어차피 얘기의 주도권은 아저씨

세 줄기의 독백

가 갖고 있으시니까요.

그래 알았다.

정말 보름이 내일쯤 되겠구나. 저렇게 휘황한 달을 보면 떠오
르는 일들이 많은데 이미 저 달이 너에게 얘기해 줬다니까 보름
달 얘기는 접어두자.

오늘도 여전한 아침식사. 구운 잡곡식빵 두 쪽, 삶은 계란 하
나, 전자레인지에 돌린 소시지 한 개, 사과 반쪽, 토마토 한 개,
호두 네 쪽 그리고는 숭늉같이 옅은 아메리카노 한잔을 사각 플
라스틱 쟁반에 담아 티브이 앞 탁자로 가져와 아침 뉴스 보면서
먹는데 미국 이민 간 동생한테서 전화가 왔지. 퇴근길에 전화한
다면서 안부 전화였는데 얘기 끝에 주변 지인 중 한인 두 사람
이 가상화폐에 푼돈 투자해서 큰돈을 벌었는데 또 다른 한 사람
은 가게 정리한 돈 다 넣었다가 완전히 빈털터리가 되었다면서
한국은 상황이 어떠냐고 묻더구나. 난 원래 얼마 안 되는 돈으
로 전통적 투자방식의 증권거래나 할 줄 알지 그런 새로운 전자
화폐니 가상화폐니 하는 것들은 아예 개념조차 잘 알지 못하는
거라서 한국에서의 그쪽 상황을 아는 게 없었고 그래서 난 그런
거 잘 모른다 했더니 시간 되는대로 그쪽 공부 좀 해보라고 하

더군. 뭔가 느낌은 그쪽에 관련된 일이나 투자 관련 일을 하려는 게 아닌가 싶었는데 내가 아는 게 없으니까 대강 안부로 정리하고 끊었지만 하여튼 전화 뒷맛은 약간 불안한 느낌이었어.

전화 끊고 설거지하고 늦은 세수 하다가 구급차 사이렌 소리가 멀리서 들리는가 싶었는데 세수 마치기까지 짧은 순간에 사이렌 소리가 아주 가까이 그것도 우리 집 문 앞에서 멈추는 것 같아서 놀라 뛰어나갔지.

아 그런데 맙소사. 옆집 문 앞에 119 구급차가 서 있었고 잠시 후 옆집 아주머니, 아니 따뜻한 날 차 한잔하자고 약속한 그 여인이 들것에 실려 나오는 거야. 이게 무슨 일인가 싶어서 들것 들던 여자 구급대원에게 물었더니 잘 모르지만 갑작스러운 출혈과 통증 때문에 출동했다면서 나보고 혹시 보호자인지 묻더군. 난 얼떨결에 가족은 아니지만 보호자 역할 할 수 있다고 했고 엉겁결에 헐렁한 운동복 차림 그대로 집에 들어와 핸드폰 지갑만 챙겨가지고 바로 구급차를 탄 거야.

그렇게 구급차 들것 옆에 앉아 가는데 아주머니는 계속 심한 통증 때문인지 얼굴을 말이 아니게 찡그리고 있었고 그래서 뭐

세 줄기의 독백

라도 물어보고 싶었지만 아무 말도 못 하면서 다만 '금방 병원 갈 테니까 조금만 참아보라'는 말 한마디밖에 할 수가 없었어. 그런데 왜 그렇게 내 마음이 초조한지. 구급차 속도가 느리다고 느낀 건 처음이었단다.

그렇게 평소 내 차로는 30분 정도 달리는 거리의 종합병원 응급실에 15분 만에 도착했고 구급대원들이 아주머니를 응급실에 인계하는 과정을 초조하게 지켜보다가 일단 구급대원들이 가고 응급실 침대에 누워 있는 그녀 곁으로 갔더니 간호사가 다짜고짜 휠체어 가져와서 환자 화장실 데려가서 소변 받아오게 하라는 거야.

또다시 얼떨결에 간호사의 침착하고도 냉정한 명령에 따라야 했고 내가 남편이 아니라는 변명을 들어주고 내 상황을 이해해 줄 사람은 응급실 안에는 아무도 없는 것 같았어. 다만 그녀만이 통증으로 일그러진 얼굴에도 황당하고 미안한 표정을 띠면서 침대에서 일어나 휠체어에 앉으면서 '죄송합니다. 도와주셔서 감사합니다.' 하더군. 그 말 속에서 난 그저께의 쓰레기통 앞에서의 짧은 대화로 뭔가 따뜻한 감정이 형성된 게 있다는 느낌을 받았어. 하여튼 급히 화장실을 찾아 휠체어를 끌고 가면서 어디가 어떻게 아픈 거냐 했더니 힘없는 작은 소리로 아침식사 전부터 오른쪽 옆구리가 심하게 아팠는데 점점 그 통증이 심해졌고 식사하고 바로 화장실 갔었는데 새빨간 혈뇨가 나와서 놀라 급하게 119를 불렀다는 거야. 난 의사는 아니지만 대강 귀동냥 지식으로 짐작이 가는 게 있었고 '아~ 그런 증상이면 심각한 건 아닐 테니까 일단 검사 잘 받고 응급처치받으면 괜찮을 겁니다.' 했더니 '그랬으면 좋겠어요.' 하면서 화장실로 힘겹게 들어가더군. 그 모습을 보면서 화장실만 아니면 따라가겠는데~ 싶었지. 다시 나오는데 내가 볼까 봐 아예 소변컵을 손으로 가리고 있으면서도 '아직 빨간 혈뇨네요. 좀 겁나네요.' 말하는 표정이 좀 겁나는 게 아니고 많이 겁먹은 표정이었어.

그런데 그 표정을 보면서 왜 갑자기 안아주고 싶은 마음이 들었는지, 안고 겁먹을 일 아니라고 말하고 싶었는지 지금 생각해도 괜히 내 얼굴이 붉어지는구나.

하여튼 그렇게 이어서 링거와 무슨 주사 꼽고 X-레이와 CT 찍고 의사 기다렸다가 진찰소견 듣는데 보호자 같이 들으라고 해서 엉겁결에 같이 들었고, 요석이 혈관을 훑으면서 혈뇨가 있었지만 지금은 빠져나온 것 같다면서 일단 응급실에서 주사 다 들어갈 때까지 누워 있다 가고 2-3일은 약 먹으면서 물이나 맥주 많이 마셔 보라고 하더군. 그래서 응급실 한편 엉성한 커튼

막에 가려진 간이침대에 누워 있는 그녀 곁에 나는 참으로 어색한 모습으로 앉아 있다가 갑자기 그녀의 가족 누구에게라도 연락이 되었는지 궁금해서 물었더니 가족이 한국에는 아무도 없다고 하더군.

그제서야 그녀의 가족관계를 대강 알게 되었지. 가족은 딸 하나밖에 없고 그 딸이 결혼해서 미국에 살고 있다고. 남편은 오래전에 병사했고 혼자 딸 키우면서 직장생활 했는데 그 딸이 장학생으로 유학 갔다가 대학원에서 만난 현지인과 결혼해서 그런대로 잘 살고 있고 아직 외손은 없어서 손주 재미는 모르고 있다고 했고 이제 퇴직은 했지만 전 직장과 관련된 일을 가끔씩 도와주고 있다고 했지.

그러면서 '저 때문에 하루를 망치게 만들어 죄송합니다. 바로 보내 드려야 하는데 제가 심한 통증과 혈뇨에 너무 놀라서 급하게 나오느라 지갑도 가져오질 않아서 혹시 병원비 결제 대신해 주신다면 집에 가서 바로 송금해 드릴게요. 오늘 너무 감사합니다. 아픈 모습 보여드려 부끄럽고 폐를 끼쳐 죄송합니다.' 하는 거야. 그제서야 어색한 모습으로 할 말 없이 앉아 있는 게 불편해서 먼저 집에 간다고 했으면 얼마나 서운했을까 하는 생각이 들더구나.

그렇게 2시간 정도를 더 기다려 내 카드로 병원비 지불하고 택시로 집에 왔는데 무의식적으로 아주머니를 부축해서 집 안으로 들어갔고 현관에서 돌아 나오긴 했지만 처음으로 아주머니 집안을 살짝 보게 되었단다. 잠시였지만 부축하면서 잡아보는 그녀의 팔과 몸에서 이름 모를 향기가 코를 자극했었고….

내 집으로 들어와 소파에 묻히는데 그제서야 배가 고팠고 시계를 보니까 벌써 4시 조금 넘었어. 밥이 조금밖에 남지 않았기에 라면을 끓였고 허겁지겁 먹는데 전화가 왔어. 옆집 아주머니였지. 계좌번호 가르쳐 달라고 했고 회복되는 대로 식사 대접 한번 하겠다더군. 그런데 나도 모르게 장난기 섞인 말투로 '알겠습니다. 하지만 사무적인 식사는 아니겠지요?' 하고 묻고 있었어. '아 그럼요. 여러 가지로 너무도 감사한 이웃이시니까요.' 하는 그녀의 답을 들으면서 '사무적인 식사가 아니면 어떤 식사를 내가 원하고 있는 거지?' 속으로 내게 묻고 있었어. 식사 대접하겠다는 말에 병원에서의 기다림에 지루했던 기억은 온데간데없이 사라지고 가슴만 쿵쾅거리고 있었단다.

이제야 네게 얘기하면서 조금 진정이 되지만 이 나이에도 청춘 같은 설렘의 풋풋함이 남아 있었다는 사실에 새삼 놀랍기도 하구나.

자, 이제 네 얘기를 들어볼까?

네, 제 얘기를 들려 드리지요.

새벽부터 발끝이 근질근질했는데 내려다볼 수도 없고 참고만 있었어요. 그런데 점점 근질거림이 줄기를 타고 올라오고 있더군요. 그러더니 제 얼굴 바로 아래까지 올라와서는 근질거림이 간지러움으로 변했어요. 너무도 간지러운데 저는 사람처럼 웃지는 못하니까 제 볼을 하나씩 열었어요. 아직 해가 뜨지도 않았는데 너무 간지러워서 볼을 다 열게 되었지요. 그 간지러움이 목을 몇 바퀴 돌아가며 볼을 펴게 만들더니 펴진 볼로 옮겨오더군요. 그제서야 그 간지러움의 정체를 알 수 있었지요. 작은 거미 한 마리였어요. 귀엽더군요. 그래서 물었지요. 넌 어떻게 내게 왔느냐고. 답은 간단했어요. 내 뿌리 쪽에 파리 한 마리 죽은 게 있어서 그걸로 아침식사 했고 이쪽에 또 먹을 게 있을 것 같아서 집 좀 지어보려고 하는데 싫다면 가겠다고 하더군요.

그래서 '난 네가 집을 짓든 말든 상관없지만 며칠 보니까 여긴 네가 먹을 게 없을 것 같아. 차라리 저 앞 낙엽 속에 집을 지으면 추위 피해 숨어든 무슨 작은 벌레라도 있지 않을까?' 하고 대꾸해 주었어요. 그랬더니 볼 몇 군데 더 간지럼 태우다가 길게 거미줄 내리면서 순식간에 타고 내려가 바로 앞 낙엽 속으로 들어가더군요.

그리고는 해가 떴어요. 햇살이 제게 말하더군요. '어? 내 빛이 없는데도 볼을 열었어? 별일이네.' 저는 햇살이 저를 싫어할까 봐 얼른 대답했지요. '새벽부터 거미가 간지러움을 태워서 그랬어요.' 했더니 듣기 싫다는 듯 '핑계 없는 무덤 없다더라.' 하더군요. 그러면서 구름으로 빛을 가려 버리더군요.

한낮이 되도록 구름이 햇빛을 가리고 있는데 바람이 불기 시작했어요. 요 며칠은 따뜻한 살랑 바람이었는데 그 따뜻함이 사라진 차가운 바람이었어요. 겁이 났어요. 이렇게 바로 추워지는 걸까? 얼음이 얼고 눈이 오는 걸까? 그럼 내 얼굴이 얼어서 질리고 검게 멍들게 될 텐데…. 아저씨가 내 몸은 감싸줄 수 있지만 내 얼굴은 아무리 감싸도 소용없을 텐데…. 그렇게 바람을 걱정하고 있었어요.

한낮이 한참 지나서야 구름이 벗어졌어요.

그리고는 옆집 아주머니가 빨래 널려고 올라오셨지요. 지난 번보다 얼굴은 수척한 것 같았는데 표정은 아주 밝은 것 같았어요. 갑자기 저를 보시더군요. 그리고는 웃음 띤 눈빛으로 '정말 이쁘다~.' 하시는데 지난번엔 '겨울에 장미가 피었네….' 정도로만 저를 보셨던 것 같았어요. 그렇게 잠시 나를 보시더니 빨래 널고 바로 내려가시더군요.

아주머니의 밝은 표정과 저를 보시는 사랑스러운 눈빛에 찬 바람 걱정은 어느새 사라졌어요.

저는 항상 이 자리에 있기에 별로 할 얘기는 많지 않아요. 다만 제가 피어 있는 동안 아저씨께서 저를 사랑해 주시고 저와 대화해 주시는 게 너무도 고맙고 이렇게 아저씨와 함께할 시간이 길지 않을 것 같은 예감이 벌써 저를 괴롭히고 있어요. 짧은 시간이라도 제가 예쁜 모습 갖고 있는 동안은 자주 오셔서 저와 얘기 나눠주시면 좋겠어요.

그래. 네가 핀 지 며칠 안 되지만 널 그대로 박제하고 싶을 정도로 네가 사랑스럽고 예쁘단다. 그렇게 자주 시간 내도록 해볼게.

이제 들어가 간단히 저녁 챙겨 먹어야겠다.

이 밤도 잘 지내거라.

세 줄기의 독백

4.

넷째 날

보름달. 정말 밝다. 동짓달 보름달이 이리 밝은 줄 예전엔 미처 몰랐는데 오늘 널 보려고 올라와서 그런지 참 예쁘구나. 저렇게 예쁜 달을 헐고 지저분한 이 의자에 앉아서 본다는 게 좀 모순된 상황인 것 같긴 한데 이 의자에 앉아서 너를 마주하는 것과 다를 바가 없으니 저 달도 날 이해할 것 같다.

이 의자. 사실 이 의자엔 사연이 있단다. 그 사연 한번 들어보겠니?

저는 어떤 얘기든 듣게 되어 있지요. 얘기해 주세요.

그래, 그럼 얘기하마.

　　　　　　　　　　　　　세 줄기의 독백

어머니가 이 의자를 우리에게 주신 것은 내가 결혼한 후 1년 쯤 되었을 때였는데, 우리가 조그만 식탁을 샀더니 시골집에 있던 이 의자를 주시고는 우리 집에 오실 때면 언제나 이 의자에 앉아 계셨단다. 우리가 산 식탁 의자가 네 개였고 그래서 새 의자에 앉을 수 있었는데도 오시면 시골집에서 가져온 이 의자에 항상 앉으셨지.

사실 이 의자는 외할머니께서 돌아가시기 얼마 전 어머니께 사주신 의자였고 그래서 외할머니에 대한 그리움이 묻어 있어서 어머니가 그렇게 아끼던 것이었지만 시골집 방 귀퉁이에 덩그러니 있는 게 너무 어울리지 않는다는 자식들 원성에 우리가 식탁을 사니까 잘됐다고 바로 보내주셨고 그리고는 오시면 항상 이 의자에 앉으셔서 우선 외할머니 얘기 한마디 먼저 하시곤 했었어.

하지만 언젠가 친척 결혼식이 있어 우리 집에 오셨다가 결혼식장 식당에서 가져온 찹쌀떡 한 개 잡수시다 그만 떡이 기도에 걸려서 돌아가시게 되었단다. 바로 이 의자에 앉아서 돌아가셨지. 우리는 친구 부부 모임이 있어서 나간 사이에 혼자 계시다가 벌어진 일이었어.

그렇게 어머니 돌아가시고 나서 이 의자를 치우지 못한 건 어머니를 그리워해서가 아니라 옆에서 지켜드리지 못한 죄를 의자를 보면서 속죄하려는 생각이었는데 한참을 베란다 구석에 비바람 맞히며 놔뒀더니 엉덩이 쪽 천이 낡고 또 이사 몇 번 하면서 등받이도 부서지고 나 혼자 여기 이사 올 때 이 꼴이 되어 있었지.

아직도 못 버리고 있었지만 겨울 추위 속에 홀로 핀 네 모습이, 모진 시집살이 견디면서 우리를 키워준 어머니 모습과 많이 닮은 것 같아서, 그래서 네가 지게 되면 이 의자도 같이 버리려고 생각하고 있단다.

이제 오늘 얘기를 해볼까?
오늘은 네 얘기를 먼저 듣는 게 어떨까?

제 얘기는 별거 없지요. 이 자리에 가만히 서서 해와 구름과 달과 별을 보는 게 일상이고 지나가는 바람과 새를 만나기도 하지만 언제나 그게 얘기의 전부일 수밖에 없어요. 사람과 관계되는 것은 건너편 아파트 베란다 쪽 모습과 그 옆 낮은 건물 옥상의 모습을 보는 것뿐이지요. 아 하늘을 날아가는 비행기도 가끔

세 줄기의 독백

있긴 하군요.

참, 오늘 건너편 보이는 아파트에서 보인 모습을 얘기할 수
있겠네요.

저기 베란다에 붉은빛 보이는 집인데요. 아까 낮에 학생 같은
남자 여자가 같이 담배 피우다가 윗집 남자한테 엄청 혼나고 있
더군요. 그러더니 한참 있다가 여자가 먼저 남자를 끌어안고 입
맞춤을 하고 있었는데 그 아래에서 누가 보고 있었는지 '보기
좋다.' 하면서 소리 질렀어요.

그 옆 노란 낮은 건물 옥상에는 어떤 남자가 강아지 한 마리
데리고 놀고 있었는데 갑자기 여자 하나 나타나더니 무슨 일인
지 큰 소리로 다투는 것 같았어요.

그리고는 제 눈에 보이는 움직임은 거의 없었어요.

오늘도 바람은 왔었지요. 오늘은 제 볼이 간지러울 정도로 가
만가만 살랑이듯 왔다 가더군요. 차가움도 없이 어찌나 부드러
운지 하마터면 펴진 볼을 더 피려고 힘을 줄까 봐 오히려 마지
막 열었던 볼을 살짝 닫고 있었어요. 바람이 이럴 때가 있다니
하면서 말이지요.

어디 가는 비행기인지 오늘도 파란 하늘에 두 줄기 줄을 곧게 그으면서 북에서 남으로 지나갔어요. 까치 한 마리가 옆집 아주머니네 옥상으로 내려앉았다가 먼저 와 있던 까마귀와 마주쳤고 둘이 시끄러운 기싸움을 길게 하다가 무슨 합의를 한 건지 동시에 서로 반대 방향으로 날아갔어요.

저녁때는 또 구름이 많아졌어요. 저는 옆집 벽이 가려져 노을을 바로 보지는 못하지만 그래도 그쪽 하늘이 붉어지면 예쁘다고 생각했는데 구름이 가린 저녁 빛은 더 차갑고 우울하게 하는가 봐요.

아저씨, 혹시 눈 오고 추워지는 걸까요? 아저씨가 예쁘다는 제 빨간 얼굴을 하루라도 더 오래 갖고 싶은데 방법이 없을까요?

안타깝구나. 지난번 얘기했듯이 너나 나나 끝이 있다는 필연적 인연의 시간이 일치할 수는 없겠지. 무슨 뜻인지 알겠니? 네 맨 바깥 볼은 벌써 시들어 짙은 보랏빛을 띠는구나. 내일은 아니겠지만 조만간 네 볼들이 검붉게 변하겠지. 그러다 얼기라도 하면 고개를 숙이고 힘없이 떨어지는 날이 곧 오겠지. 난 그런 너를 지켜보다가 얼마 남지 않았다 하면서도 더 길게 살아볼 욕심

세 줄기의 독백

에 가득 찬 일상으로 돌아가겠지. 하지만 난 지금의 네 얼굴을 잊지 않을 거야. 내 기억의 방이 다 비워지는 마지막 순간까지도… 난 너를 정말 사랑하니까. 한겨울에 홀로 핀 너를, 내 어머니 닮은 너를 사랑하니까.

이제 오늘 내 얘기를 해야겠다.

아침에 딸한테서 전화가 왔는데, 늦게 결혼하는 친구 예식에 가야 해서 별일 없으면 오늘 애 좀 봐줄 수 있냐고 하더구나. 정말 오늘따라 아무 일이 없기에 선뜻 알았다 했고 11시까지만 오면 된다 하길래 천천히 가려고 아침 설거지도 늦게 하고 있었어. 어쩌다 사정이 생기면 외손녀 영어 가르치면서 돌봐주기도 하니까 내가 봐주는 걸 편하게 생각하고 또 애가 나를 잘 따르기도 하니까 애 보는 게 크게 불편할 일은 아니었지.

딸네 집은 여기서 버스로 30분이면 가는 거리라서 그리 멀지도 않아서 가는 것도 크게 불편하지 않고.

그런데 옆집에서 전화가 왔어. '오늘 시간 되시면 점심 대접할까 하는데 시간 어떠세요?' 하는 거야. 할 수 없이 조금 전 딸과 약속해서 외손녀 돌보러 가야 하니 저녁시간이나 내일은 어떨까요 하고 물었지. 그랬더니 저녁이나 내일은 일이 있어서 안 될 것 같고 그럼 다음에 다시 연락하겠다면서 끊었는데 말에 묻어나는 느낌은 실망하는 느낌이었어. 마음이 착잡하고 답답해지더구나.

그래서 딸에게 다시 전화해서 내가 중요한 일이 생겼는데 누구 애 맡길 딴 사람 없냐 했더니 알아보고 전화 다시 하겠다고 해서 기다리고 있었어. 20분쯤 후에 가까운데 사는 애 고모가 봐주기로 했다면서 안 오셔도 된다는 거야.

바로 옆집에 전화했지. 그런데 전화를 안 받는 거야. 통화 중인 것도 아닌데… 두 번, 세 번 전화를 안 받는데 속이 터지는 것 같았단다. 한참 후에 전화가 왔는데 '죄송합니다. 이불 빨래 하느라 전화 못 받았어요.' 하는 거야. 그래서 다짜고짜 오늘 딸네 가는 거 취소했고 점심시간 된다고 했더니 실망 가득한 말투로 '어쩌지요? 예약한 것 취소했는데. 그럼 모레 저녁시간은 어떠세요?' 하는 거야.

그래서 아무 때나 좋지만 비싼 데가 아니었으면 좋겠다고 했더니 '옆집 식당은 무료입니다.' 하는 거야. 난 그게 무슨 말인가 금방 깨닫지 못하고 잠시 머뭇거리는데 실망이 걷힌 듯 웃으면

세 줄기의 독백

서 '다시 전화 드릴게요.' 하고는 끊었고 끊고도 좀 지난 후에야 그 말뜻을 알 수 있었단다. 그리고는 얼마나 가슴이 뛰었는지… 내 가슴 한구석으로 봄기운이 거세게 몰려 들어오는 느낌이 들더구나.

그런데 생각해 보니 오늘 할 일이 갑자기 다 사라지고 아무것도 없다는 생각이 들었어. 무얼 할까 생각하다 그래, 내가 본래 할 일은 그저 나 혼자 보는 글을 끄적이는 일, 그게 내 할 일이라는 생각에 노트북을 폈지. 하지만 배 속이 허전해진 느낌이었고 시간을 보니 1시가 다 된 거야. 그래서 우선 점심 간단히 챙겨 먹고 다시 노트북 앞에 앉았어.

그리고는 생각나는 대로 한 편 써봤단다.

장대비

구름 되어 노닐던 그 하늘

어디가 시작이고

어디가 끝인지

가늠이 가고 짐작이 가더냐?

그 하늘 훑어내려

땅에 들기까지

네가 지나온 공기의 속살은

따스하더냐?

네 성질껏

여기저기 때리고 할퀴다가

지쳐 스러져

강으로 바다로 숨어들 때

네가 품었던 차가운 恨들이

함께 스러져

네 곁을 떠나더냐?

언제 구름 되어

다시 하늘 가면

온 길 돌아갈 수 없는

내게 다가와

맑은 답 세 마디

전해주고 가려마…

쓰고 나니 4시가 넘었어. 무얼 할까 둘러보다 부엌 쪽 문짝 경첩이 덜렁거리던 게 생각나서 그거 고치기로 하고 언젠가 사 두었던 예비 경첩을 신발장 구석에서 겨우 찾아 작업을 하는데 문짝이 달린 채로는 도저히 안 돼서 할 수 없이 뜯어내고 작업을 했지. 나사못 구멍이 달아 헐거워져서 할 수 없이 위치를 내려서 새 경첩을 달았지만 문짝을 혼자 붙들고 경첩을 채우는 일이 이렇게 힘든 일일 줄은 정말 몰랐단다.

가뜩이나 땀이 많은 체질인데 혼자 끙끙대며 하니까 집안 온도가 20도인데도 진땀이 등을 적시고 입은 티셔츠가 다 젖을 정도였지.

일은 힘들게 했는데도 왜 그리 기분이 좋았는지 모르겠다. 아니 모른다는 건 거짓말이고 그건 내게 갑자기 몰아치는 봄기운 때문이라고 굳이 고백하지 않아도 너는 이미 알고 있을 거야. 이해하고 있을 거야. 내가 너를 사랑하는 만큼 너도 나를 사랑하리라 믿으니까.

보름달이 정말 아름답구나. 겨울밤의 차가운 아름다움. 그 차가운 아름다움이 네 얼굴에 그대로 내려 앉아 있고 이제는 네 얼굴에서 내 가슴으로 온전히 옮겨 앉는구나.

달빛에 젖은 내 사랑 장미야. 오늘 밤도 너는 너대로 나는 나대로 차가운 아름다움에 취해 잠들어 보자꾸나.

이 의자를 돌려놓고 들어가련다. 들어가면 너는 또 저 달과 얘기할지 모르겠구나. 좋은 밤 만들거라.

5.

다섯째 날

겨울 같지 않게 따뜻하던 날씨였는데 밤새 눈이 저렇게 내렸구나. 네가 걱정돼서 오늘은 아침부터 너를 찾았단다. 네 얼굴을 살짝 덮은 눈. 네가 추워할 줄 알면서도 한편으로는 그 추위를 네가 운명적으로 사랑할 것 같아 쉽게 털어주지 못하겠다.

지금 네 모습, 눈 모자를 쓰고도 빨간 볼을 활짝 열고 있는 또 다른 아름다움, 그래서 더욱 예쁜 모습이 가슴 아린 사랑을 느끼게 하는구나.

눈 쓰고 있는 제 모습이 예쁘면 털어주지 마세요. 저는 아저씨가 예쁘다고, 그래서 더 사랑스럽다고 하면 그냥 눈 쓰고 있을게요. 어차피 추워지면 저는 얼어버릴 테니까요.

얼어서 아니면 시들어서 떨어지는 게 오늘이든 내일이든 그건 상관없어요. 제 삶은 제 모습을 모른 채 그냥 햇빛이 원하는

대로 사는 것이 운명이었는데 아저씨의 사랑은 제 운명을 바꿔 주셨어요. 제가 예쁘다고, 제가 아름답다고, 제가 저를 알게 해 주셨어요. 그래서 제 모습을 대가로 아저씨의 사랑을 욕심내게 하셨어요.

그래, 알았다. 그럼 네가 추워해도 눈을 털지는 않을게. 아직은 무사하니 낮시간 잘 견디고 있어라. 이따 저녁 먹고 다시 올게.

~ ~ ~ ~ ~

아~ 네 얼굴이, 네 얼굴이 이렇게 되다니. 아니 네 바깥 볼들이 한나절 사이에 이렇게 멍들다니. 눈은 부드러운 하얀 눈인데 네 볼에는 거칠고 검푸른 멍을 남기고 말았구나.

아저씨, 그래도 아직은 아저씨와 얘기할 수 있는 빨간 기운이 어제의 반쯤은 남아 있어요. 오늘 저녁 아주머니와의 식사 어떠 셨어요?
아까 아주머니가 그 집 옥상에서 다시 한번 나를 보셨어요. 그리고는 혼잣말처럼 내게 말하셨어요.
'나는 시들었다 다시 피어나려고 하는데 너는 그대로 가는 거

니?'

제겐 눈물이 없어서 그냥 멍든 볼을 흔들기만 했어요.

'제 몫까지 아주머니께 다 드릴 테니 아저씨 사랑 온전히 다 차지하세요. 부탁합니다.'

알아들으신 것 같았어요. 아주머니 눈가에 살짝 반짝이는 것이 있었거든요.

그게 저의 오늘 얘기이고 제가 먼저 했으니 이제 아저씨 얘기를 들려주세요.

그래. 알았다.

너를 아침에 보고 나서는 왠지 자꾸만 착잡한 마음이 들기도 하고, 그러다가 옆집에서의 저녁식사를 생각하면 행복한 울렁임이 생기기도 하고 그렇게 감정이 서로 반대쪽을 왔다 갔다 하더구나.

마음이 가라앉지 않아서 점심시간이 지나도록 그냥 누워 있었고 감정이 반대편으로 교차할 때면 어김없이 옛날 생각이 났었지.

난 괜찮은 직장의 일 잘하는 직원으로 위치를 다지면서 결혼 생활도 남 부럽지 않게 잘 지내고 있었단다. 자식은 딸 하나만 얻었지만 그래도 재미있게 키우고 가르쳤지. 그 딸이 고등학교 3학년 때, 내가 중동 지역에 파견근무 나가 있을 때였는데, 엄마랑 어디 하루 대학입시 스트레스 푼다고 물놀이 나갔다가 그만 같이 급류에 휘말렸고 딸은 물놀이 같이 간 사람들이 가까스로 구했지만 엄마는 구하지 못하고 결국은 먼 하류에서 시신으로 발견되었어.

난 본사를 통해 급한 연락을 받았지만 비행기표를 금방 구하지 못해 결국 4일장이 된 발인 날 새벽에야 장례식장에 왔고 그 차가운 얼굴을, 차갑고 아름다운 볼을 딱 한 번 만져볼 수 있었단다. 무슨 감정인지 정체 모를 감정이 가득 차 있었지. 그건 눈물이 쏟아지는 슬픔도 아니고, 가슴이 찢어지는 고통도 아니고, 머리가 터지는 괴로움도 아닌 그저 어둡기만 하고 모든 게 정지된 듯한, 모든 감정이 내게 오다가 올 스톱 상태가 되어버린 애매한 감정으로 판단력이 함께 마비된 상태인 것 같았어.

그렇게 그 사람을 보내고 딸은 자력으로 대학 진학하고 직장 잡고 근무 잘하고 지내다가 같은 직장 상사와 사내 결혼하게 되였고 지금의 손녀 출산 때까지 근무하다가 출산하면서 퇴직하게 되었단다.

딸이 결혼해서 분가하면서 혼자 남게 된 내가 굳이 그 넓은 아파트에 있을 필요가 없었고 친구들과의 교류나 생활 활동 반경이 이쪽이 더 좋을 것 같기에 이쪽으로 이사 온 게 8년 전. 이사 온 다음 해 봄에 다른 화초 몇 개 사면서 네 뿌리가 된 묘목도 사다 심어놓았지.

이런저런 생각에 그냥 뒤척거리면서 누워 있다가 아주머니가 오라고 한 시간, 5시 정각에 갔더니 문이 열려 있는 거야. 그걸 보는 순간 아, 일단 이 여자에게 내가 믿을 수 있는 사람으로 환영받는다는 기분이 들었단다.

문 안쪽에서 '어서오세요~.' 하는 말이 오늘따라 정겹게, 아니 마치 오랜만에 남편을 맞는 아내 같은 사랑스러운 느낌으로 들려왔고 그렇게 생각이 드는 걸 그녀에게 들킨 것처럼 내 볼이 잠시 달아오르는 것 같기도 했었지.

놀라운 건 그녀가 입고 있는 앞치마에 마치 네 얼굴을 수놓

세 줄기의 독백

은 것처럼 빠알간 장미 한 송이가 그려져 있었어. 나도 모르게 '우리 옥상에 장미가 피었어요. 혹시 보셨나요?' 하고 물었단다. '그 장미랑 비슷하네요. 제가 그 장미를 너무 이뻐하고 그래서요 며칠 장미와 대화를 하고 있었지요. 제 속마음을 털어놓는 상대가 되고 있었어요. 그런데 그런 장미 앞치마를 입으셨네요.'

나도 모르게 그런 말이 잠시지만 쉴 새 없이 쏟아지더구나.

'이 장미 앞치마 마음에 드세요? 다행이네요.' 웃으면서 대답하는 그녀의 볼에 가느다란 보조개가 있다는 걸 처음 알았고 지난번 병원 다녀오던 때보다 얼굴이 예뻐졌다는 느낌이 들었지.

식탁은 이미 준비가 되어 있었어. 조기구이, 잡채, 불고기, 시금치나물, 김치, 명란젓, 그리고 어묵탕. 얼핏 눈에 들어오는 것들이 엊그제 내가 어떤 음식을 좋아하는지 답해준 그대로였어.

짐짓 '병원 동행해 준 인사로는 과하게 차리셨네요.' 했더니 '혼자 계시면서 좋아하는 거 별로 못 드셨을 것 같아서 기억나는 대로 해봤어요. 지난번 너무 고마웠어요. 앞으로 저처럼 비상상황이 생기게 되신다면 저도 그렇게 해드릴 수 있으면 좋겠어

요. 괜찮다고 생각하시면요.' 하는 인사말에 '그렇게 못 할 이유
가 없지요.'라는 답을 했단다.

그리고는 같이 식사를 했지. 이 얘기 저 얘기를 나누면서….

지난여름까지 이 집에 살던 사람은 지독한 알코올 중독자였
고 밤마다 취해 들어오면서 시끄럽게 소리소리 지르기도 하고
노래도 부르고 횡설수설에 길가는 사람들과 쌈박질까지…. 술
안 먹었을 때는 묵언수행 하는 승려 같은데 술만 먹으면 완전히
다른 사람이 되어버리곤 했고 그래서 술 안 먹는 나와는 말이
섞일 일이 한 번도 없었어. 그런 사람을 모시고 있던 아들 며느
리가 도저히 견디지 못하고 알코올 중독자 치료소에 아버지를
반강제로 입소시키고는 바로 이사 가버렸다고 근처 부동산에서
전해 들었고, 저 아주머니가 매수해서 추석 후 한 달 수리하고는
들어오셨다고 하더구나.

그녀의 삶은 지난번 병원에서 대강 들었기에 오늘은 주로 내
삶에 대한 질문이 있었고 아까 누워 있으면서 떠올렸던 내 지나
온 삶 얘기를 대강 다 말해줬지.

내 얘기 끝에 돌아온 말 한마디. '아직도 부인이 그리워지나

요?' 순간 정확한 답이 생각이 나질 않더구나. 잠시 머뭇하다가 '이제는 그럴 계기가 될 때 생각나는 정도지요.' 했더니 무슨 의미인지 '생각 안 난다면 이상한 분이라고 했을 것 같네요.' 하더구나.

어쨌든 나를 이상한 사람으로 보지 않는다는 말이라서 내내 들뜬 기분이었고 후식으로 배와 귤, 그리고 저녁이라 옅은 커피 한잔까지 먹고 나오는데 왜 마치 내 집에서 나오는 듯한 느낌이 들었는지 모르겠더구나.

장미 앞치마를 그냥 입은 채 문간에 서서 '건너가세요. 좋아하시는 음식 하게 되면 또 모셔볼게요.' 하는 그녀를 하마터면 와락 끌어안을 뻔했었던 내 감정이 앞으로 어떻게 발전할지 모르겠다.

그렇게 저녁식사 끝내고 집에 들어와 옷 갈아입고 바로 네게 왔단다.

네가 낮에 그녀에게 나를 사랑하는 네 감정을 몽땅 다 이입해 준 게 아닌가 생각되는구나. 그녀가 너를 단 두 번 봤는데 어떻게 그렇게 이입될 수 있었는지, 어떻게 네 모습이 그려진 앞치마가 있었는지 너무도 신기한 사랑의 인연이 아닌가 생각되기도 하고….

네 볼이 안쪽까지 멍이 들어가는구나. 어제까지도 팽팽하던 그 볼에 주름이 생기고 물기가 마르고 색이 변하고 힘을 잃고 고개를 숙이려고 하는구나. 이 밤을 잘 견딜 수 있어야 할 텐데….

힘내거라 내 사랑 장미야.
하루만이라도 더 내 눈에 남아 있거라.
못 하고 안 해본 기도를 너를 위해 해본다.

해바라기처럼

무거운 얼굴 진종일 치켜들고
동쪽 산에서 솟아난 해
서쪽 들녘 끝에 숨을 때까지 바라보며
고개 돌려 따라가는 해바라기가 있습니다.

그 해바라기처럼

세 줄기의 독백

며칠의 운명으로 내게 온 저 장미를
가슴으로 따라가며 예뻐했고
어머니의 사랑을 보려고 했습니다.

며칠의 운명으로 내게 온 저 장미도
해바라기처럼 나를 사랑했습니다.

예쁘다는 것을 알게 했고
귀하다는 것을 알게 했고
사랑할 수 있다는 것을 알게 했기에
나를 사랑했습니다.

그리고는 그 사랑을 떨치지 않으려고
한 여인의 가슴에 옮겨 심었습니다.

해바라기처럼 저를 사랑하는
겨울장미 한 송이가 이제 마지막을 향합니다.
시들고 멍든 몸입니다.
이제 며칠의 삶을 떨치려 합니다.

내일 하루만이라도 더 보게 해주시길

내일 하루만이라도 더 사랑하게 해주시길

지극의 정성으로 기도합니다.

간절함 모두 모아 기도합니다.

세 줄기의 독백

6.

여섯째 날

아~ 기도는 기도일 뿐이었나?

이 아침, 영하 12도의 칼바람에 네 얼굴이 한꺼번에 얼음이 되었으니….

애절하고 비통한 마음뿐이다.

이젠 내 얘기를 누구에게 들려줄까?

나는 누구 얘기를 듣게 될까?

꿈이었나 장미야

봉오리 터지는 아픔을

짓이기는 쾌감으로 견디고

화려한 꽃잎 한 닷새 펼치더니

눈 얼음 주인 된 호된 추위에

검붉게 멍든 얼굴

힘없이 떨군다.

너 내 사랑에 얼굴 붉힐 때

부끄럽고 수줍을까

곁눈질도 조심조심

네 볼 사이 숨어들던

가여운 벌 한 마리

너 힘들까 손 휘저어 쫓았는데….

네가 만든

두 줄기 사랑의 강

허락 없이 합쳐놓은 두물머리엔

아쉬움 기다림 곱게 엮은 채

안개이불 살포시 덮어놓고서

별빛마저 잠든 이 밤

너 어디로 가려느냐

너 어디로 가려느냐

속절없는 허무에

꿈조차 아픈 밤을

몇 날을 지새울까?

장미야

내 사랑 장미야

꿈 되어 왔다 가는 내 사랑아.

아, 완전히 얼어버린 네 얼굴을 내 입김이 녹여줄 수 있다
면….

내 얘기를 잘도 들어주고 맞장구도 쳐주던 네가 이렇게 얼어

세 줄기의 독백

붙다니….

이제는 낡고 헌 이 의자에 앉아 내 얘기를 들려줄 대상이 없
구나.
허물없이 내 속 바닥을 시원하게 보여줄 수 있던 네가 사라지
는구나.

난 너를 사랑했단다.
너를 사랑하지만 갖지는 못했구나.
사랑하지만 갖지는 못한다는 것을 왜 이제야 깨닫는지 참으
로 어리석구나.

네가 나를 떠나니 이제 이 의자도 버려야겠지.
네 사랑과 어머니 사랑은 내 가슴 의자에 앉혀두고서….

세 줄기의 독백

세 줄기의
독백

초판 1쇄 발행 2022. 10. 26.

지은이 김이현
펴낸이 김병호
펴낸곳 주식회사 바른북스

편집진행 김수현
디자인 최유리

등록 2019년 4월 3일 제2019-000040호
주소 서울시 성동구 연무장5길 9-16, 301호 (성수동2가, 블루스톤타워)
대표전화 070-7857-9719 | **경영지원** 02-3409-9719 | **팩스** 070-7610-9820

• 바른북스는 여러분의 다양한 아이디어와 원고 투고를 설레는 마음으로 기다리고 있습니다.

이메일 barunbooks21@naver.com | **원고투고** barunbooks21@naver.com
홈페이지 www.barunbooks.com | **공식 블로그** blog.naver.com/barunbooks7
공식 포스트 post.naver.com/barunbooks7 | **페이스북** facebook.com/barunbooks7

ⓒ 김이현, 2022
ISBN 979-11-6545-902-4 03810